ABENTEUER

W0063102

Manfred Theisen

Regenzeit

Manfred Theisen

Manfred Theisen, geboren
1962, hat Gemanistik,
Anglistik und Politik
studiert und arbeitet als
Redakteur bei einer Kölner
Tageszeitung.
Die Geschichte von Alem
und ihren Freunden hat er
nach einem mehrwöchigen
Aufenthalt in Addis Abeba
im Rahmen eines Entwick-
lungsprojekts geschrieben.
„Regenzeit" ist sein erstes
Kinderbuch.

Regenzeit

Eine Geschichte
aus Addis Abeba

RAVENSBURGER BUCHVERLAG

Lizenzausgabe
als Ravensburger Taschenbuch
Band 52185,
erschienen 2001

Die Originalausgabe erschien 1997 bei
ELEFANTEN PRESS, Berlin
unter dem Titel „Regenzeit"
© 1997 ELEFANTEN PRESS, Berlin

Umschlagillustration: Stephan Köhler

RTB-Reihenkonzeption:
Heinrich Paravicini, Jens Schmidt

5 4 3 2 1   05 04 03 02 01

ISBN 3-473-52185-X

www.ravensburger.de

ABENTEUER

INHALT

ALEMS WETTE
7

DAS GRÜN
14

EINE GLÄNZENDE IDEE
22

DER WÄCHTER FESSEHA
31

MIT DEM BUS IN DIE STADT
36

AM DRAHTBERG
50

DER STURM
60

WO IST ZEHAI?
69

WIR BRAUCHEN BÄUME!
76

GEHEIMNISVOLLE ZEICHEN UND EIN SCHWUR
82

DIE PROBEFAHRT
92

EIN TRAUM
102

EIN SIEG FÜR ZEHAI
108

ZEHAIS GESCHICHTE
119

ALEMS WETTE

Alem hörte dem Regen zu. Es klang, als tanzten Nägel auf dem gewellten Blechdach. An einer Ecke der Hütte regnete es durch. Genau da, wo ihrer Mutter das Blech zum Abdecken ausgegangen war. Das Wasser rann an der Lehmmauer hinab und verteilte sich in feinen Adern unter Alems Bett. Es bestand aus einem dichten Netz faustgroßer Steine, die auf der Erde lagen. Darüber hatte ihr die Mutter eine Baumwolldecke gelegt.

Alem saß an der Tür und blickte den schlammigen Pfad hinunter ins Tal. Hütten aus Holz, Lehm und Müll, so weit das Auge reichte. Die meisten waren nicht so ordentlich wie die ihrer Mutter. Einige hatten nicht einmal ein festes Dach. Nur ein paar aneinander gebundene Plastiktüten, die die Familien vor dem Regen schützen sollten. Jetzt während der Regenzeit brachen die Plastiktütendächer häufig unter der Last des Wassers zusammen.

Alem zupfte am Stroh, das aus der Wand hervorlugte. Es sah aus, als würden der Mauer blonde Haare wachsen. Sie wusste, dass sie nicht an diesen Haaren ziehen durfte, aber es machte ihr Spaß. „Das Stroh hält die Lehmmauer zusammen", sagte ihre Mutter. Alem blickte zum Himmel. Der Regen würde gleich nachlassen. Die Wolken wurden schon heller. Sie streckte die Beine aus, betrachtete kurz die nackten Füße, an denen der Matsch hart geworden war, und stand auf.

Mit einem Satz sprang sie über die Pfütze hinweg, die wie ein trüber kleiner See direkt vor dem Eingang zur Hütte lag. Der Pfad war glitschig wie nasse Seife und führte steil nach unten ins Tal. Eine alte Frau kam Alem stöhnend entgegen. Ihr freundliches tiefschwarzes Gesicht war voller Furchen, die die Jahre eingegraben hatten. Sie trug einen Ballen Reisig auf dem Rücken. Die schwere Last machte sie reich. Mit dem Holz konnte sie ihre Hütte heizen oder es teuer verkaufen, denn es gab fast kein Brennholz mehr in der Stadt.

Alems Mutter erzählte oft von früher, als die

Berge um Addis Abeba noch von Wäldern bedeckt waren. Damals lag ein warmer grüner Teppich aus Bäumen und Moosen auf dem Land. Heute standen dort Hütten. Und wo es keine Hütten gab, da hatte man die Bäume gefällt um damit Feuer zu machen. Schließlich waren die Nächte eiskalt, denn die afrikanische Stadt liegt über zweitausend Meter hoch.

Am Fuß des Hügels lief Alem durch den schmalen Fluss, vorbei an Sesais Steinhaus, der aus Honig den besten Wein braute und der reichste Mann in der Gegend war. Mit seinem Tej belieferte er die Hotels an der Churchill-Straße in der Innenstadt.

Manchmal besuchten ihn sogar Weiße. Die größeren Jungs warteten dann vor Sesais grün lackierter Tür. Oft dauerte es Stunden, bis sich die Holztür knarrend wieder öffnete. Doch das Warten lohnte sich meistens. Die weißen Fremden waren häufig zu betrunken, um die schweren Kisten mit den Tej-Flaschen zu tragen, die sie bei Sesai gekauft hatten. Die Jungs trugen ihnen die Weinkisten zur Asphaltstraße. Dort beluden sie die Wagen der Weißen und bekamen ein paar Birr dafür. Für die Fremden waren fünf oder zehn Birr nicht viel Geld, aber für die Jungen war es ein kleines Vermögen.

Alem folgte dem plätschernden Bach, der hier unten durch das Tal floss. Er war in der Regenzeit zu einem schmalen Fluss angewachsen und strömte dicht an den Hütten vorbei. Das Gehen war mühselig. Bis zum Schienbein versank sie im Schlamm.

„Wo sind denn die anderen?", fragte eine laute Stimme.

Alem erschrak. Der stämmige, breitschultrige Junge, der plötzlich aus einer Gasse zwischen den Bretterbuden hervortrat, war Geta, der Sohn des Tej-Händlers.

Alle Kinder in der Gegend kannten Geta: Er war ein Angeber. Was er haben wollte, das bekam er von seinem Vater. Und was seine Freunde wollten, das hatte Geta schon. Er spielte immer mit den Kindern von der Asphaltstraße, weil die keine Lumpen trugen, sondern Hosen und Hemden ohne Löcher. Sie lebten in Häusern aus Stein und wollten nichts mit Alem und ihren Freunden zu tun haben.

Doch Geta war am Hang geboren. Es zog ihn immer wieder zurück zu den schäbigen Hütten, wo er mit seinen Eltern früher gelebt hatte. Geta kam, weil er sich nach seinen alten Freunden sehnte, und blieb, um mit ihnen zu zanken.

„Ich weiß nicht, wo die anderen sind. Ich bin alleine", antwortete Alem aufgeregt. Jetzt erst bemerkte sie, was Geta unter dem Arm trug: ein Drahtauto.

Geta folgte ihrem Blick. „Da staunst du, was?", prahlte er.

Nur wenige Kinder besaßen solche Autos. Sie bastelten sie aus einem langen Stück Draht und schoben sie an einer Stange vor sich her. Die Wagen waren so groß wie eine Katze und sahen aus wie rollende Skelette.

„Mein Vater hat mir den Draht geschenkt", erklärte Geta.

Draht war knapp. Und wenn es welchen gab, wurde er von den Erwachsenen normalerweise für nötigere Dinge gebraucht. Mit ihm konnte man das Hüttendach fest vertäuen, wenn der Sturm zunahm, oder man benutzte ihn als Wäscheleine. Nur selten bekamen die Kinder etwas so Wichtiges wie Draht in die Hände.

„Hier bei euch ist es ohnehin zu matschig, um Rennen damit zu fahren", meinte Geta.

„Wenn's trocken ist, geht's auch hier."

Geta war überrascht von Alems Antwort. Das

Mädchen vergrub die Hände tief in den geflickten Taschen ihres Sackkleides.

„Aber ihr habt ja sowieso keine Drahtautos. Da ist der Schlamm auch egal." Geta grinste hämisch. Er setzte sich den Wagen auf seinen kurz geschorenen Schopf und balancierte ihn wie einen riesigen durchsichtigen Hut.

„Wir wollen überhaupt keine Autos. Rennen sind langweilig, nur was für Angeber", gab Alem zurück.

„Nur weil ihr wisst, dass ihr dann gegen uns Rennen fahren müsstet und verlieren würdet."

„Schneller als ihr sind wir allemal!", platzte Alem heraus. Sie war wütend.

„Dreh dich mal um", forderte er sie auf.

„Warum?"

„Darum. Weil ich was messen muss."

Alem wandte Geta den Rücken zu. Er drehte sich ebenfalls um und stellte sich Rücken an Rücken zu ihr wie bei einem Duell. Sie war fast einen Kopf kleiner als Geta, der immerhin schon aus dem Stand über eine Ziege hinwegspringen konnte.

„Und?", fragte Alem gelangweilt.

„Du bist zu klein zum Autofahren."

Alem drehte sich wieder um und blickte Geta fragend an: „Und was war mit dir, als du so klein warst?"

„Da war ich auch schon größer als du damals", antwortete er, stellte sich auf die Zehenspitzen und blickte von oben auf sie herunter.

„Trotzdem haben ich und die anderen keine Angst vor dir und deinen Freunden!" Die Wut kochte in Alems Bauch.

„Groß daherreden kann jeder", sagte Geta. „Wenn ihr ein Rennen machen wollt, dann kommt bei uns an der Asphaltstraße vorbei. Wir sind immer bereit. Aber ihr seid bestimmt zu feige."

Mit diesen Worten drehte sich Geta auf dem Absatz um und verschwand wieder zwischen den Hütten. Alem sah dem Jungen im roten Sweatshirt noch einen Moment nach. Er klemmte den Wagen unter den Arm und sprang geschickt von einem Stein zum anderen. Die großen Steine lagen wie kleine Inseln in all dem Matsch. Wer von ihnen abrutschte, versank bis zu den Knien im Schlamm.

DAS GRÜN

Alem lief weiter am Fluss entlang. Ihr klangen noch die Worte des Angebers Geta im Ohr: „Aber ihr seid bestimmt zu feige."

Nach ein paar Minuten hatte sie ihr Ziel erreicht: das Grün. So nannten Alems Mutter und die anderen Frauen das Feld, auf dem sie jeden Tag arbeiteten. Es lag zwischen den Hütten am Hang. Die grüne Oase war halb so groß wie der Fußballplatz in der Innenstadt, an dem sie auf dem Weg zum Markt schon einmal mit ihrer Mutter vorbeigekommen war. Jetzt, wo die ersten Sonnenstrahlen wieder zwischen den Wolken hervorstachen, schienen die Salatköpfe, die Bananen, der Kohl und die Blumen zu leuchten, als hätten sie Licht verschluckt.

„Alem!" Ihre Mutter rief sie mit einer heiseren

Stimme. Kalamork kniete zwischen den Eukalyp-tus-Setzlingen und rupfte das Unkraut aus. Ihr lila-farbenes Tuch hatte sie locker um den Kopf ge-schlungen. Alem blieb am Drahtzaun des Grüns stehen und winkte ihr zu. Dann rannte sie am Zaun entlang zum Gatter.

„Du bist aber früh dran", sprach Fesseha sie an.

Alem fürchtete sich vor dem hageren Wächter, der fast doppelt so groß war wie sie. Er trug einen dünnen Bart wie eine Ziege und hatte gelbe, lange Zähne. Wie alte Streichhölzer steckten sie unor-dentlich im blassen Zahnfleisch. Der Wächter stand tagein, tagaus am Gatter und achtete darauf, dass kein Fremder das Grundstück betrat. Fesseha glich dem Amharen-Krieger, den Alem einmal auf einem alten vergilbten Foto gesehen hatte. Von ihrer Mut-ter wusste sie, dass die Amharen unter den Völkern Äthiopiens immer sehr mächtig gewesen waren. Aber ganz so wie der Mann auf dem Foto sah Fes-seha nicht aus, denn der Krieger auf dem Bild hatte keine Sandalen getragen, sondern war barfuß gegangen. Und sein heller Umhang war nicht zerrissen und durchlöchert gewesen wie Fessehas.

„Ich wollte meine Mutter nicht abholen", verteidigte sich Alem und sah dabei schüchtern zu ihm hinauf. „Ich bin nur zum Gucken gekommen."

„Aus Neugierde oder Langeweile?", bohrte Fesseha weiter und sah ihr dabei direkt in die Augen. Er hatte die gleichen dunkelbraunen Augen wie sie selbst. Alem gab ihm keine Antwort. Sie hatte Angst, wollte nur zu ihrer Mutter. Fesseha schmunzelte und stützte sich fest auf seinen dicken verwachsenen Stock, den er immer bei sich hatte, denn bei dem Regenwetter schmerzte sein rechtes Knie. Im Krieg war er von einer Kugel getroffen worden und seitdem konnte Fesseha sein Knie nicht mehr bewegen. Es war angeschwollen. Im Vergleich dazu waren seine Beine dürr, nicht viel dicker als der Stock. Die Kinder sagten: „Fesseha hat ein Vogelbein." Denn auch die Vögel haben knochige Beine und dicke Knie.

„Na, lauf schon", sagte er und streichelte Alem über den Kopf.

Wie eine Gazelle setzte sie über die Kohlreihen hinweg ihrer Mutter entgegen. Ihr Kleid flatterte. Es war viel zu groß und rutschte ihr fast über die Schultern. Kalamork kniete vor den fingergroßen grünen Pflanzen im Matsch. Es waren noch junge

Bäume. Setzlinge. In ein paar Tagen würden sie groß genug sein um verkauft zu werden. Durch den Regen spross das Unkraut schon seit Wochen. Kalamork und die anderen Frauen mussten täglich die Beete jäten. Alem war froh bei ihrer Mutter zu sein. Sie legte ihren Arm um Kalamorks Hals und gab ihr einen schmatzenden Kuss auf die Wange.

„Willst du mir helfen?", fragte Kalamork. Alem nickte. Sie wusste, wie wichtig die Arbeit für ihre Mutter war.

Zuerst hatte Alem nicht so recht gewusst, was sie davon halten sollte: Weiße aus Deutschland hatten dafür bezahlt, dass zwanzig Frauen hier mitten in Addis Abeba auf dem Feld arbeiten konnten. Das Geld, das sie durch den Verkauf des Gemüses und der jungen Bäume verdienten, durften die Frauen behalten. Zu Beginn waren die Weißen sogar selbst gekommen um sich alles anzusehen.

Salamon, der mit den Weißen zusammenarbeitete und den Frauen half, hatte erklärt: „Wir bekommen das Geld aus Deutschland. Die Menschen dort wollen hier etwas Sinnvolles tun. Ihr seid selbst dafür verantwortlich, was aus dem Geld wird und ob sie uns weiterhin helfen."

Dabei hatte er wie üblich seine Hände hinter dem Rücken zusammengelegt, sodass sein gewaltiger schwarzer Bauch unter dem gelben T-Shirt hervorlugte. Er hatte in Deutschland an der Universität studiert. Nach seinem Studium war er nach Äthiopien zurückgekommen und versuchte seitdem den Menschen in Addis Abeba zu helfen. Er wusste, wie man Setzlinge pflanzt, und er beherrschte die Sprache der Deutschen.

Wo Deutschland liegt, wusste Alem nicht genau. Nur dass es ganz in der Nähe von Italien sein musste. Und von Italien hatte sie schon viel gehört, denn die Italiener hatten Krieg gegen Äthiopien geführt. Sie wusste, dass die Deutschen alles hatten, genau wie Geta. Aber Geta würde niemals etwas verschenken.

Die Deutschen waren überhaupt ganz anders als alle Menschen, die Alem sonst kannte. Sie hatten gefragt, wie alt Alems Mutter und die anderen Frauen sind, und wollten die Geburtstage in ein Notizbuch mit einem hübschen roten Umschlag schreiben. Keine der Frauen wusste, wann sie geboren war. Aber die Deutschen bestanden darauf, den Geburtstag jeder Einzelnen zu erfahren. Da hatte

Alems Mutter schließlich gesagt, sie sei siebenundzwanzig Jahre alt und ihr Mann sei vor acht Jahren gestorben.

Wann er gestorben war, wusste Alem noch genau. Es war nämlich in jenem Jahr, in dem sie alle vom Land in die Hauptstadt ziehen mussten. Die Soldaten hatten ihr Dorf niedergebrannt und die Kühe geschlachtet. Und dann hatten sie alle Männer des Dorfes umgebracht, darunter auch Alems Vater. Ihre Mutter erzählte häufig von dieser Zeit. Fast ein Jahr lang hatten sie danach in einem Lager gelebt, wo die Flüchtlinge von Weißen aus Amerika versorgt wurden. Als sie wieder kräftig genug waren, zogen sie nach Addis Abeba, in die Stadt, die man „Die neue Blume" nennt.

Alem suchte in dem kniehohen Dschungel nach Unkraut. Es war mächtiger als die Setzlinge, fraß ihnen die Nahrung in der Erde weg. Wie eine Schlange wuchs es am Stiel der Bäumchen hoch.

„Es drückt ihnen die Luft ab", erklärte Kalamork.

Von ihrer Mutter hatte sie hier schon viel gelernt. So ähnlich, stellte sich Alem vor, geht es wohl auch in der Schule zu. Dort würde sie erfahren, wie alles funktioniert. Bald durfte sie auch in die Schule gehen, das hatte die Mutter versprochen. Wenn ihr Bruder Nagasch in die zweite Klasse kam, könnte sie seine alten Schulbücher benutzen. Beiden Kindern Bücher zu kaufen, dazu hatte Kalamork kein Geld. Sie musste ohnehin schon den ganzen Tag arbeiten um den Unterricht zu bezahlen.

„Wie ist es in der Schule?", wollte Alem wissen.

Ihre Mutter gab keine Antwort. Sie sah nicht von der Arbeit auf, sondern riss ein hellblaues Unkraut mit grünem Stiel und einer gewaltigen Wurzel aus. Wie ein Spinnennetz lag die Wurzel auf ihrer Hand. Die Sonnenstrahlen tanzten auf Kalamorks Gesicht, ihre Haut war braun wie dunkler Karton und hatte tiefe Löcher. Die kamen von den Monaten im Lager, als sie von den Weißen Medikamente bekommen hatte, damit sie nicht starb.

„Wie viele Lehrer gibt es in der Schule?", fragte Alem weiter.

„Ich weiß es nicht. Frag deinen Bruder."

„Und wann lerne ich schreiben?"

20

Kalamork schmerzten die Beine. Sie hatte schon zu lange im Schlamm gekniet. „Ich weiß nicht. Ich bin nie zur Schule gegangen."

„Warum nicht?", bohrte Alem nach und setzte sich mitten in den Dreck.

„Hilf mir lieber", schnitt Kalamork ihrer Tochter das Wort ab. Doch dann zog sie die Mundwinkel zu einem nachsichtigen Lächeln hoch. „Weil Krieg war. Im Krieg gab es keine Schule."

Alem fror. Auf dem Weg zum Grün hatte sie die Kälte nicht gespürt. Doch jetzt, da sie sich nicht mehr bewegte, begann sie am ganzen Körper zu zittern, und die Lust am Unkrautjäten war ihr vergangen. Sie machte das sowieso nicht gerne.

„Na, lass es und geh wieder nach Hause", sagte Kalamork. Sie streichelte über Alems Unterarm und bemerkte ihre Gänsehaut. Ihre Tochter brauchte unbedingt ein neues Kleid. Das alte hing ihr nur noch wie ein Fetzen am Körper. Salamon hatte versprochen eine Hose und ein Hemd für Alem aufzutreiben. Aber das konnte dauern und bis dahin kühlte die Regenzeit das Land weiter ab. In der vergangenen Woche hatte Alem zwei Tage lang mit Schnupfen, Husten und Fieber im Bett gelegen.

Eine glänzende Idee

Ein neues Gesicht, sanft und dunkel wie Ebenholz. Alem war überrascht, als sie ihn zum ersten Mal sah. Er stand vor ihrer Hütte, mitten in der Pfütze, die kräftigen Arme vor der Brust verschränkt. Seine Beine waren nicht so dürr wie die der anderen und der Kopf glich einer großen glänzenden Murmel in der Nachmittagssonne. Das musste Mulu sein, der neue Junge am Hang, von dem ihre beste Freundin Beset gestern erzählt hatte. Mulu kam um sie abzuholen.

„Geht es um Geta?", fragte sie ihn.

Mulu nickte. Alem hatte ihren Freundinnen von der Begegnung mit Geta erzählt. Fieberhaft hatten die Mädchen nach einer Lösung gesucht, wie sie diesen Aufschneidern von der Asphaltstraße endlich den Mund stopfen könnten.

„Na, was ist? Kommst du mit oder nicht? So viel Zeit habe ich nicht."

Alem zuckte mit den Schultern. Er hatte sie bei ihrer Arbeit unterbrochen. Sie war gerade dabei den Korb für ihre Mutter zu Ende zu flechten.

„Was habt ihr denn vor?", fragte sie. Eigentlich wollte sie lieber fragen, wer er denn überhaupt sei. Doch sie traute sich nicht – seine Stimme war zu befehlend.

„Das wirst du schon noch sehen. Die anderen haben darauf bestanden, dass du dabei bist."

„Na gut", erklärte Alem und legte den halb fertigen Brotkorb mit dem grüngelben Kreismuster auf ihr Bett. Dort stand er trocken, falls es wieder regnen sollte.

„Ich heiße übrigens Mulu und komme aus Lalibela", erklärte der Junge und ging ohne ein weiteres Wort zu verlieren voran.

Lalibela! Das klang wie ein Märchen aus Tausendundeiner Nacht. Lalibela! Da wollte doch Alems Mutter unbedingt einmal hin. Jetzt, da der Krieg vorbei war, durfte man in die Berge reisen und die alten Kirchen besuchen. Gott selbst soll sie gebaut haben. Ganze Paläste hat er in Lalibela aus dem steinernen Boden gemeißelt, groß wie das Haus des Parlaments. Ihre Mutter erzählte oft davon. Wenn Alem erwachsen wäre, würde sie selbst dorthin reisen und sich diese Wunder ansehen.

Alem ging hinter Mulu den Berg hinab. Er trug blaue, bis zum Knöchel geschlossene Turnschuhe mit Schnürsenkeln und ein gelb gestreiftes Hemd mit langen Ärmeln. Auf Mulus Rücken prangte ein Bild von einem großen Mann, der mit einem gebogenen Stock gegen einen kleinen Ball schlug. Alem wusste zwar nicht, was das sollte, aber es sah lustig aus, was der Mann da machte.

Vor der Hütte von Besets Eltern blieben die beiden stehen.

„Beset!", rief Mulu und klopfte an die dunkelblaue Blechtür. Das Metall hallte wie Donner. Die Tür war früher einmal ein Teil von einer Motorhaube gewesen. Besets Vater hatte daraus eine Haustür gebaut. Sie rostete von den Rändern her weg und hing nur noch lose im Holzrahmen. Aber sie hielt.

Beset schob das laut scheppernde Blech zur Seite und trat aus der Hütte.

„Zehai wartet schon unten beim Baumstumpf

am Bach", erklärte Mulu. Der Baumstumpf war der Treffpunkt von Alem, Beset und den anderen. Alem begutachtete die Zöpfe ihrer Freundin. Die Spitzen hielten noch immer fest zusammen. Alem hatte Beset gestern Zöpfe geflochten. Eigentlich waren Besets Haare zu kurz dafür, aber sie wollte unbedingt welche, weil Alem auch Zöpfe trug.

Der Weg unten am Wasser war wieder voller Leben. Die Sonne lockte die Menschen vom Hang aus ihren engen, dunklen Hütten ans Licht. Nur mit Mühe kamen Alem, Beset und Mulu in dem Gedränge voran.

„Da seid ihr ja endlich", begrüßte eine helle Stimme die drei. Zehai saß auf dem Stumpf eines ehemals mächtigen Baumes. Nun sah er aus wie ein Tisch.

„Ich musste Alem und Beset erst einmal dazu überreden", berichtete Mulu.

Zehai war einen Kopf größer als die anderen. Ihr größter Wunsch war es in die Schule zu gehen, aber keiner konnte für sie das Schulgeld bezahlen. Irgendwann war ihr Vater in den Krieg gegangen und nie wieder zurückgekehrt. Und ihre Mutter war von einem Wagen überfahren worden. Der

Fahrer habe nicht einmal angehalten, erzählten die Leute am Hang.

Zehai war noch zu klein gewesen. Sie konnte sich nicht mehr an ihre Mutter erinnern. Und Fotos von ihr gab es auch nicht, denn niemand hier besaß einen Fotoapparat. Manchmal sprach Zehai im Traum mit ihrer Mutter. Dann sah sie ganz genau ihr Gesicht. Für Zehai war sie nur tagsüber tot. In der Nacht lebte ihre Mutter und stand ihr bei.

Seit dem Tod ihrer Eltern lebte Zehai allein in einem Zelt aus Plastiktüten und Stoff. Es war kunterbunt und voller Löcher. Die Hütte ihrer Mutter war im vergangenen Jahr vom Regen zerstört worden. So stark wie damals hatte es in Addis Abeba noch nie gehagelt und gestürmt.

Wenn die anderen abends nach Hause gegangen waren, sah man Zehais Schatten oft noch stundenlang auf dem Baumstumpf hocken, als warte sie darauf, dass ihre Mutter zu ihr zurückkehre.

Alem und die anderen bewunderten Zehai: Sie traute sich nachts durch das Kebele, ihr Viertel, zu gehen, vorbei an den heulenden Straßenhunden, die überall herumliefen. Und keiner sagte ihr, wann sie schlafen gehen musste.

Sie konnte sogar lesen. Dabei wusste keiner, wie sie das gelernt hatte. Einen Lehrer hatte sie nie gehabt. Alems Mutter meinte, Zehai sei einfach sehr fleißig. Aber die Kinder erzählten, Zehai sei verzaubert. Wie sonst hätte sie all diese Geschichten von den winzigen Bergmenschen erzählen können, die hinter den Hügeln von Addis Abeba in den Wäldern um den Langano-See lebten und mit Krokodilen und Schlangen kämpften.

Zehai richtete sich gerade auf: „Mulu, unser neuer Freund aus Lalibela, möchte euch eine interessante Geschichte erzählen", verkündete sie.

Mulu lehnte sich an den Baumstumpf und verschränkte wieder die Arme vor der Brust. Er war nervös und redete stockend, als müsse er jeden Buchstaben mit der Zunge ins Freie schieben. Erst nach und nach flossen ihm die Worte und Sätze immer schneller aus dem Mund.

Eine Woche lang waren Mulu und seine Eltern mit den wackeligen Bussen von Lalibela nach Addis Abeba gefahren. Für die ersten Kilometer von ihrer Hütte bis zur nächsten Schotterstraße hatten sie fast einen Tag gebraucht. Einen Tag, an dem der voll gepackte Bus kaum vorankam. Sie durchquerten Flüsse und fuhren hohe Berge hinauf, deren Gipfel weit über die Wolken ragten.

„Als wir endlich am Bahnhof im Zentrum von Addis Abeba ankamen, sah ich ein paar Jungen, die mit Drahtautos spielten."

„So eines wie Getas?", fuhr Alem aufgeregt dazwischen.

Mulu nickte und erklärte: „Es gibt dort riesige Mengen Draht. Überall liegt er herum. Man muss ihn nur holen."

Diesen Überfluss gab es, weil der Stacheldraht, der wie messerscharfe Schlingpflanzen um die Paläste des Diktators gespannt gewesen war, jetzt nicht mehr gebraucht wurde. Der Krieg war vorbei und die neue demokratische Regierung wollte sich nicht hinter Stacheldraht verstecken. Ihr genügten die alten Palastmauern. Der Präsident hatte deshalb den Draht auf dem großen leeren Platz am Busbahnhof deponiert.

Alem, Beset und Zehai waren Feuer und Flamme für Mulus Idee. Sie brauchten nur in die Innenstadt zu fahren. Die Autos zu basteln war für sie kein Problem. Dann noch ein bisschen Fahrtraining und sie könnten sich dem Wettkampf mit den Kindern von der Asphaltstraße stellen. Das Autorennen würden sie bestimmt gewinnen. Und Alem könnte Geta endlich beweisen, dass sie keine Angst vor ihm hatte.

Aus den Augenwinkeln sah Alem ihre Mutter schon von weitem kommen.

Kalamork hielt einen fetten Kohlkopf im Arm und auf dem Kopf balancierte sie einen schweren Tontopf. Darin brachte sie nach der Arbeit immer sauberes Wasser mit.

Auch Alem würde, wenn sie noch ein Stück gewachsen wäre, wie die anderen Frauen Töpfe, Körbe und Säcke auf dem Kopf tragen.

„Kommst du gleich nach Hause? Es wird bald dunkel!", rief Kalamork Alem zu. Ihr Bruder kam bald von der Schule und sie wollten wie üblich gemeinsam zu Abend essen.

Zehai schlug vor, sich am nächsten Morgen ganz früh wieder am Baumstumpf zu treffen. Alle gemeinsam wollten sie mit dem Bus in die Innenstadt fahren.

Bei diesem Gedanken war allen außer Zehai etwas mulmig zu Mute. Ohne die Eltern ins Zentrum? Das war eine gefährliche Reise. Aber konnten sie jetzt etwas dagegen einwenden? Natürlich nicht. Zehai sollte nicht denken, sie seien feige.

Zehai hatte keine Ahnung, was in den Köpfen der anderen vorging. Für sie war das überhaupt kein Problem. Schließlich war sie immer ganz auf sich allein gestellt und schlug sich wie eine Erwachsene durchs Leben.

DER WÄCHTER FESSEHA

Auf dem steilen Weg zurück zur Hütte traf Alem ihren Bruder Nagasch. Er hatte die bunten Lehrbücher fest unter den Arm geklemmt. Nagasch sah vornehm aus in seiner dunkelblauen Schuluniform. Nächstes Jahr würde Alem auch ein richtiges Kleid und ihre ersten Schuhe für die Schule bekommen. Dann könnte sie bald schon selbst spannende Geschichten lesen.

Nagasch berichtete: Heute hatte der Lehrer von Elefanten erzählt, die es auch hier in Äthiopien gebe. Alem wusste das schon, nur gesehen hatte sie noch kein solches Tier.

„Die Elefanten sind riesengroß", schwärmte Nagasch und breitete die Arme aus.

Alem sah Nagasch fragend an. „Wie groß?"

„Viel größer als unsere Hütte."

„Wie Mulugetas Haus?"

„Dagegen ist Mulugetas Haus wirklich ein winziger Pups", antwortete ihr Bruder mit einer abfälligen Handbewegung. „Das kannst du vergessen. Die sind so groß wie die Lastwagen auf der Asphaltstraße."

Alem war beeindruckt. Die größten Tiere, die sie kannte, waren Ochsen und Pferde.

Nagasch berichtete ihr noch vom Rüssel der Elefanten, der wie eine riesige Schlange aus ihrem Gesicht herauswächst. „Der Lehrer hat uns Bilder gezeigt: Auf einem Elefanten ritt sogar ein Mann."

Einmal war Kalamork mit Alem und Nagasch in den Zoo von Addis Abeba gegangen. Doch da gab es nur Löwen, weil sie die Lieblingstiere der Könige von Äthiopien waren.

„Und wo Elefanten leben, gibt es auch Krokodile", erklärte Nagasch. Er kannte die Tiere auch nur von Bildern und Erzählungen, doch er beschrieb Alem die dickhäutigen Wasserbüffel mit ihrem störrischen Fell und die behäbigen Nilpferde so eindringlich, als hätte er sie eigenhändig gefüttert.

Als sie zu Hause ankamen, duftete es nach frischem Injera. Wie ein Pfannkuchen lag das löchrige weiche Fladenbrot auf dem runden Blech über der Flamme.

Es war gemütlich warm in der Hütte. Nagasch legte seine Bücher ab und zog die alte Hose mit den Flicken und seinen schwarzen Pulli mit der gelben Fledermaus darauf an. Kalamork nahm das Injera vom Feuer und rollte es auf einem großen Teller aus. Dann goss sie flüssiges Wot darüber. Die Pfeffersoße gab dem Essen erst den richtigen Geschmack. Alem hatte einen Bärenhunger. Schließlich bekam sie nach dem Frühstück nichts mehr zu essen. Ihr Bruder hingegen aß mittags mit den anderen Kindern in der Schule. Nach dem Gebet riss sich Alem hastig am Rand des Tellers ein Stück Injera ab und drehte es geschickt mit den Händen im Wot. Draußen wurde es schnell dunkel. Wie ein riesiges schwarzes Bettlaken legte sich die Nacht ganz plötzlich über Addis Abeba und die Hütte von Alem und ihrer Familie. Bald schon schlief Alem eng an ihren Bruder gekuschelt ein. Die Mutter blieb noch eine Weile wach und flocht den Korb zu Ende, den Alem am Nachmittag in der Hütte liegen gelassen hatte.

Noch jemand war wach. Zehai. Sie lag in ihrem Zelt unter der Wolldecke, die ihr Alems Mutter vor Jahren geschenkt hatte, und blickte durch ein Loch hinauf zu den Sternen. Warum, fragte sie sich, fallen die Sterne nicht vom Himmel? Was mag sie dort oben festhalten? Ab und zu sah Zehai einen Stern, der sich nicht mehr am Himmel festhalten konnte. Er stürzte schnell und unaufhaltsam zur Erde hinab. Eigentlich müsste er hier unten weiterleuchten wie eine Laterne oder ein Glühwürmchen. Doch sobald er die Erde berührte, verlor er seinen Glanz.

Als Zehai eingeschlafen war, zogen Wolken auf, und noch bevor die Morgendämmerung einsetzte, stürmte und hagelte es. Die Baumwolldecke, auf der Nagasch und Alem schliefen, wurde feucht. Durch Alems Träume geisterte Fesseha, der Wächter. Alem sah ihn, wie er abends, nachdem die Frauen das Feld verlassen hatten, mit seinen Freunden am Rande des Grüns saß, Brot aß und Tej trank.

Alem wusste von ihrer Mutter, dass Fessehas Freunde Soldaten gewesen waren. Kugeln und Granaten hatten im Krieg ihre Arme und Beine zertrümmert. Dreißig Jahre lang hatte der Bürgerkrieg in Äthiopien getobt. So sahen die Männer aus, die er zurückgelassen hatte. Viele von ihnen bettelten. Manche aber hatten selbst dazu keine Kraft mehr. Sie lagen an den Straßenrändern der riesigen Stadt und verhungerten.

Weil Fesseha einer der wenigen Soldaten gewesen war, die nach dem Krieg eine Arbeit gefunden hatten, kamen seine Kameraden ihn oft besuchen. Sie saßen bei Fessehas Schlafstelle und erzählten sich am Lagerfeuer Geschichten vom Kampf.

In Alems Traum nahmen die Soldaten Gestalt an: Sie sah ihre mageren Gesichter, ihre dunklen Augen, die Falten auf der Stirn – kleine, tiefe Schützengräben. Alem fürchtete sich vor den Männern, mit denen Fesseha immer zusammensaß.

Mit dem Bus
in die Stadt

„Aufwachen. Es ist schon hell." Alem war froh, dass Nagasch sie aus ihrem Albtraum gerissen hatte.

Sie kam langsam zu sich, streifte die Traumwelt ab wie einen unbequemen Handschuh.

„Mutter ist gegangen und ich muss zur Schule." Nagasch verabschiedete sich von seiner Schwester und drückte ihr noch einen flüchtigen Kuss auf die Wange.

Alem rieb sich die Augen, die noch vom Schlaf verklebt waren.

Alems linke Seite war ganz nass und ihre Schulter schmerzte. Sie schlief immer auf der Seite. Wenn sie zu lange auf dem Rücken lag, bekam sie von dem harten Steinbett Schmerzen an der Wirbelsäule. Jetzt fiel es ihr wieder ein: Heute wollte sie zusammen mit Beset, Zehai und Mulu in die Innenstadt fahren um Draht zu holen.

Alem rappelte sich auf, streifte ihr Kleid über, trank einen Schluck Tee aus dem Tonkrug, riss sich ein Stück Brot ab und lief schnurstracks hinunter zum Fluss. Es nieselte. Der Regen war inzwischen so schwach geworden, dass man nicht genau wusste, ob es wirklich Regen oder nur feuchter Nebel war. Am Baumstumpf warteten schon ihre drei Freunde. Alem war außer Atem. Ob sie wirklich mitfahren sollte?

„Mulu hat Birr mitgebracht", verkündete Zehai fröhlich und strich sich durch die krausen Haare. Alem hatte die ganze Zeit über gehofft, dass sie kein Geld für die Busfahrkarte zusammenbekommen würden und zu Hause bleiben müssten. Aber nun stand ihrer gefährlichen Fahrt ins Zentrum nichts mehr im Wege. Alem spürte wieder dieses Kribbeln im Bauch, wie immer, wenn sie Angst hatte, und sie hatte höllische Angst, ohne ihre Mutter in die Stadt zu fahren.

Während Mulu und Zehai vorangingen, folgten ihnen Beset und Alem Hand in Hand. Zehai trug ihr graues Kleid, das fast bis zum Boden reichte. Ein großes Kreuz in den Farben des Regenbogens war darauf gestickt. Zehai zog es sonst nur zur Messe an, denn es stammte noch von ihrer Mutter. Aber heute hatte sie sich für die Stadt fein gemacht.

Die vier kamen an Steinhäusern mit richtigen Fensterläden aus Holz vorbei. Sie waren alle ordentlich mit hellblauer Farbe gestrichen. Vor den Häusern lagen eingezäunte Gärten mit Blumen und Gemüse, Rote Bete, Kartoffeln und Karotten.

„Du musst alle abpflücken", befahl ein bulliger Mann seinem kleinen Sohn. Der hockte wie eine Katze auf einem dünnen Ast im Zitronenbaum. „Da oben ist noch eine", dirigierte ihn der Vater. Nur mit Mühe erreichte der Junge die Frucht und warf sie herunter. Wie ein Haufen leuchtende Glühbirnen lagen die saftigen Zitronen in dem Weidenkorb. Alles hier sah freundlich und hell aus. Fast so schön wie das Grün. Alem mochte den Geschmack von Zitrone im Tee. Aber ihre Mutter hatte nur selten genug Geld um die Früchte zu kaufen.

Hinter den Häusern lag die Asphaltstraße. Grüne, schwarze, blaue Wagen, fast alle verbeult, rasten dicht am Bürgersteig entlang. Als Alem die Lastwagen sah, musste sie an die Elefanten denken.

Sie stellte sich vor, wie eine ganze Herde mit erhobenem Rüssel mitten durch Addis Abeba trampelte. Die Erde würde unter ihren Füßen beben.

„Wir gehen am besten über den Markt zur Bushaltestelle", meinte Zehai. Wie eine Mutter hielt sie Mulu fest an der Hand.

Alem mochte Mulu. Er war sicher stärker als die anderen Jungen in seinem Alter. Auch Beset mochte den Neuen. Eigentlich konnten die Mädchen mit den Jungen nur wenig anfangen und meistens wurden sie von ihnen doch nur geärgert. Wenn sich Alem und Beset am Baumstumpf gegenseitig die Haare flochten, standen die Jungen um sie herum und machten sich über ihre Eitelkeit lustig.

Als die vier Kinder endlich den Markt erreichten, schmerzten Alem schon die Beine.

Dicht an dicht standen die Buden. Der Markt in Addis Abeba war riesig, der größte von ganz Afrika. Tausende Menschen kamen jeden Tag, um hier ihre Sachen zu tauschen oder sich etwas zu kaufen. Schon von weitem hatten die vier gehört, wie die Händler ihre Waren anpriesen. Sie handelten mit Gewürzen, Taschen, Tüchern, Obst und allem, was sich irgendwie verkaufen ließ.

Die Kinder drängelten sich an den Nähern vorbei. Die hockten auf kleinen Stühlen unter einem langen Dach, das sie und ihre Nähmaschinen vor dem Regen schützte. Die pechschwarzen Maschinen glänzten. Fast hätte man denken können, sie seien neu. Dabei waren sie uralt. Aber die Näher polierten sie jeden Tag. Frühmorgens kauften die Frauen auf dem Markt Stoff ein, trugen ihn zu den Männern und holten sich mittags die fertigen Kleider wieder ab.

Kalamork würde in einem solchen Kunstwerk aus Stoff und Farben wunderschön aussehen. Alem hätte ihrer Mutter am liebsten auf der Stelle ein Kleid anfertigen lassen. Ein weißes mit goldenen und silbernen Streifen. Die hatte Kalamork am liebsten.

Die Näher faszinierten Alem. Sie traten gleichmäßig und schnell auf das Pedal der Maschinen, sodass die Nadeln ununterbrochen auf und nieder sausten. In den Holzbuden daneben boten Frauen in langen Gewändern Stoffe aus allen Teilen des Landes feil. Alem fand die Kleider am schönsten, die am Rocksaum ein grünes Band hatten und fast bis zum Boden reichten.

„Könnt ihr nicht aufpassen?", schrie ein Mann mit rauer Stimme Alem an.

Vor Schreck blieb sie wie angewurzelt stehen. Alem spürte, wie Beset ihre Hand fester drückte. Ein undeutlich sprechender, schmutziger Kerl stand direkt vor ihr. Mit einem anderen Mann schleppte er eine Holztrage, beladen mit Steinen.

„Hier wird gearbeitet, nicht geträumt!", brüllten sie Alem und Beset an und schubsten die Mädchen barsch zur Seite. Ihre Bärte waren staubig und ihre Fingernägel so schwarz wie ihre Gesichter. Dann zogen sie keuchend unter der schweren Last an den Kindern vorbei.

Alem und Beset stolperten etwas verunsichert weiter.

„Hört ihr den Lärm?", fragte Zehai und drehte sich zu den beiden um. Alem nickte. Als sie jetzt um die Ecke bogen, sah sie auch schon, woher der Krach kam.

Die ganze Gasse hinauf lagen große Felsbrocken. Männer mit nacktem Oberkörper schlugen immer wieder mit ihren Spitzhacken auf die Felsen um kleine Stücke herauszubrechen. Dabei machten sie einen Heidenlärm und überall flogen Steinsplitter wie Funken durch die Luft. Die Männer schwitzten und der regennasse Staub legte sich wie ein grauer Mantel auf ihre schwarze Haut. So stellte sich Alem die Hölle vor. Ohne ihre Freunde wäre sie gleich wieder nach Hause zurückgelaufen.

„Das ist die Straße der Steineklopfer!" Zehai musste schreien, um den Lärm der Arbeiter zu übertönen. „Hier müssen wir durch! Es ist der einzige Weg zur Bushaltestelle!"

Alem wunderte sich über die Felsbrocken, die überall auf dem Weg im Lehm lagen.

„Wo kommen die denn her?!"

Zehai wusste es auch nicht. Direkt vor ihnen blockierte ein junger Steineklopfer den Weg.

„Kannst du deine Steine nicht gefälligst an den Rand legen?!" Von hinten schrie jemand mit erboster Stimme über die Köpfe der Kinder hinweg. Die vier drehten sich erschrocken um. Es war ein Händler mit seinem Esel. Er zerrte verzweifelt an dem störrischen Tier. Alem und die andern stiegen schnell über den Steinwall hinweg und sahen den beiden zu, wie sie sich stritten. Der Händler mit dem zerfledderten schwarzen Zylinderhut auf dem Kopf blaffte den Steineklopfer an. Für den Esel wäre es eigentlich kein Problem gewesen über den Haufen zu steigen, doch er hatte offensichtlich keine Lust dazu. Und so suchte sein dickes Herrchen die Schuld bei dem jungen Mann, dessen Steine im Weg lagen. Der Arbeiter hatte aber wiederum keine Lust mit dem Händler zu diskutieren und schwang unaufhörlich die Spitzhacke.

„Kommt! Lasst uns weitergehen!", drängte Zehai. „Es ist noch ein weiter Weg bis ins Zentrum!"

Ein paar Meter weiter verstaute eine kahl geschorene Frau kleine Steine in einen Stoffsack. Auch Alem hatte einmal eine Glatze gehabt. Man hatte ihr die Haare abrasiert, weil die Läuse zu sehr juckten. Ein Steineklopfer hob der Frau den vollen Sack auf den Rücken. Wie eine Betrunkene wankte sie an den Kindern vorbei den Berg hinunter, ihre nackten Füße versanken im Schlamm. Das Gewicht des Sacks drückte die Frau regelrecht in den Boden.

Oben auf dem Berg angelangt, standen Alem und ihre Freunde wieder an einer Asphaltstraße. Hier war Alem noch nie gewesen. Es gibt nur wenige Asphaltstraßen in Addis Abeba, doch im Zentrum der Stadt liegen sie dicht beieinander.

Alem und Beset froren. Der Asphalt unter ihren

Füßen war kalt vom Regen. Ständig mussten sie aufpassen, dass sie nicht von einem Auto angefahren wurden. Die Fahrer suchten sich ihren Weg zwischen Eseln und Kühen hindurch, die kreuz und quer auf der Straße herumliefen. Die Bauern brachten die Tiere mit in die Stadt, um sie auf dem Markt zu verkaufen.

Alem war schon mutlos geworden, dachte, sie kämen überhaupt nicht mehr ans Ziel, als sie endlich die Bushaltestelle erblickte.

„Von hier aus geht es direkt zum Bahnhof", erklärte Zehai.

Unter dem Dach der Haltestelle war wegen des Regens kein Platz mehr frei. Dicht gedrängt standen die Männer und Frauen zusammen. Auch zwei zottelige Schafe lagen an der Bushaltestelle. Ihr dunkelbraunes Fell war dreckig und verfilzt. Von den Menschen ließen sie sich nicht aus der Ruhe bringen.

Mit lautem Quietschen stoppte der Bus. Sein himmelblauer Lack blätterte überall ab. Seine Reifen waren größer als die beiden Schafe zusammen. Das schrille Geräusch der Bremsen hatte die Tiere erschreckt. Wie von der Tarantel gestochen sprangen sie auf. Der Bus war bereits rappelvoll. Trotzdem wollten alle mit und quetschten sich hinein.

Die vier Kinder drängelten sich nach hinten zum Fenster. Sitze gab es ohnehin fast keine mehr, sie waren gestohlen worden oder völlig zerschlissen und wackelig.

„Aufrücken!", schrie der Fahrer. Ein Mann mit einer kleinen Ziege, der sich ein Kuhfell umgehängt hatte, wollte noch einsteigen. „Aufrücken!"

Doch die Menge aus Menschen und Tieren ließ sich nicht weiter zusammenpressen. Schließlich gab der Fahrer auf und zog an einem abgewetzten Hebel direkt neben dem Sitz. Die vordere Tür schwang zu. Auch die hintere bewegte sich. Aber sie konnte nicht zuklappen, denn die junge Ziege klemmte zwischen den Flügeltüren. Sie meckerte, so laut sie konnte. Ihr Besitzer draußen auf der Straße zog verzweifelt an der Kordel, die er der Ziege um den Hals gebunden hatte. Vielleicht war sie das Einzige, was er besaß. Und das hielt er mit aller Kraft fest.

Der Bus ruckte unerbittlich ein ums andere Mal an. Die Ziege hatte Todesangst. Ihr Fell war nass von Angstschweiß. Einige Passagiere riefen: „Halt!" Endlich ließ der Fahrer die Türflügel wieder zurückschnappen. Mit wildem Gemecker befreite sich das Tier.

Der Bus kam von den Dörfern der Umgebung. Er hielt nur zweimal in Addis Abeba. Die eine Station war die, an der Alem, Beset, Mulu und Zehai gerade eingestiegen waren, die andere lag direkt am zentralen Busbahnhof. Genau dort, wo es den Stacheldraht gab. Die Fahrt ging bergauf und bergab, vorbei an der mächtigen Siegessäule, den Bettlern und Händlern am Straßenrand und den Gärtnern, die aus bunten Blumen prächtige Kränze für die Toten banden. Schließlich führte der Weg hinauf zum Gion-Hotel, das von einem großen Park mit Palmen und Gärten umgeben war. Alem gefielen vor allem die kugelrund zurechtgestutzten Hecken vor dem Gebäude. Sie waren von einem satten Dunkelgrün und sahen aus wie riesige Pusteblumen. Direkt gegenüber befand sich das Hochhaus der Vereinten Nationen. Eine Gruppe Weißer stand vor dem Eingang. Alem hatte noch nie so viele weiße Männer auf einmal gesehen. Sie diskutierten aufgeregt mit der schwarzen Pförtnerin in der blauen Uniform.

46

„Die wollen da bestimmt rein und die Frau lässt sie nicht. Oder was meinst du?"

Zehai wusste auch keine Antwort auf Alems Frage und zuckte mit den Achseln.

Wenn der Bus durch eines der vielen Schlaglöcher rumpelte, schwenkte der hintere Teil weit aus. Alem, Mulu und Zehai machte das Schaukeln Spaß.

„So muss es sein, wenn man mit einem Boot auf das Meer hinausfährt", meinte Mulu. Er schaukelte mit dem Körper hin und her.

Keiner von ihnen hatte je das Meer gesehen und keiner konnte schwimmen. Doch die spannenden Geschichten von Schiffen und dem Mittelmeer gefielen ihnen allen. Nur Beset wurde durch das Schaukeln übel.

„Stell dich nicht so an", redete Zehai ihr ins Gewissen. Aber es nutzte nichts. Beset stöhnte und ihre sonst so nachtschwarze Haut wurde heller und heller.

„Wir sind gleich da. Hier ist schon das Gebäude der äthiopischen Fluggesellschaft", sagte Zehai.

„Du musst nur noch einen Moment durchhalten", beruhigte Alem ihre Freundin.

Der Busfahrer trat in die Bremse. Ein Quietschen erfüllte die stickige Luft. Die Türen öffneten sich und wie ein Wasserfall stürzte die Menge hinaus auf die Straße. Allein oder mit Kindern an der Hand überquerten die meisten die breite Hauptstraße.

Auf der anderen Seite reihten sich Geschäfte aneinander: Teehaus, Fleischerei und ein Laden, in dem es Kassetten und Schallplatten gab. Vor dem Geschäft stand eine riesige goldgelbe Musikbox hinter einem Gitter. Aus ihr dröhnte arabische Musik, die sich mit dem Lärm des tosenden Verkehrs vermischte. Einen Moment lang sah Alem auf den Lautsprecher im Käfig, der sie an die brüllenden Löwen im Zoo erinnerte. Dann fiel ihr Blick auf den Spielzeugladen daneben. Dort gab es neben Puppen und Schachbrettern alles, was man zum Schreiben benötigte: Bleistifte, bunte Filzschreiber, Füllhalter, Hefte in allen Farben und gelbes und weißes Papier. Vielleicht würde ihr Kalamork dort bald etwas für die Schule kaufen.

„Wir müssen da lang", erklärte Mulu und zeigte mit dem Finger zum Parkplatz. Dort verschnauften die Busse, bis sie wieder zu ihren beschwerlichen Fahrten hinaus in die Dörfer starteten.

Alem war schon einmal mit dem Bus bis nach Nazreth gefahren. Da hatte sie zum ersten Mal in ihrem Leben Affen gesehen. Die kamen bis in die Stadt hinein und suchten nach Futter. Sie fraßen Abfälle oder stibitzten den Gästen in Cafés Brot und Kuchen von den Tellern. „Früher lebten die Affen in den Wäldern. Doch die gibt es nicht mehr, weil wir die Bäume abgeholzt haben", klangen Alem die Worte ihrer Mutter noch immer im Ohr.

Die Kinder standen vor einem Labyrinth von Bussen. Die vier nahmen sich gegenseitig an die Hand und wanderten zwischen den Fahrzeugen hindurch. Ab und zu schlug ihnen eine schwarze Abgaswolke entgegen, weil die Busfahrer immer wieder ihren Motor anwarfen, um zu prüfen, ob er noch lief. Die altersschwachen Maschinen atmeten röchelnd den Ruß aus.

Am Drahtberg

Ein durchsichtiger Berg erhob sich vor den Kindern: Stacheldraht. Er wurde nicht bewacht. Warum auch? Gegen Diebe kann er sich mit seinen Stacheln genauso wehren wie ein Igel, dachte Alem. Zudem war es eine so gewaltige Menge, dass man es gar nicht merken würde, wenn jemand ein paar Meter herausschnitt.

Wie gefährlich der Draht war, bekam gerade ein Geier zu spüren. Der gewaltige Vogel hatte sich mit seinen breiten, braunen Schwingen in den stacheligen Schlingen des Drahts verfangen. Er war eine leichte Beute für die herumstreunenden Hunde. Geschickt pirschten sie sich an ihn heran und bissen zu. Zwar versuchte er noch mit seinem faustgroßen Schnabel nach ihnen zu hacken, doch er hatte keine Chance, weil er sich schon nicht mehr bewegen konnte. Zu tief hatte er sich in den Draht verstrickt. Wie eine Fliege im Netz einer Spinne.

Mulu nahm eine Zange aus der Hosentasche. Er verriet nicht, von wem er sie hatte. Alem kannte nur einen, der eine Zange besaß: den Wächter Fesseha.

Aber der hätte sie niemals verliehen. Dafür war der viel zu geizig. Davon war Alem überzeugt.

Aufgeregt kniete sich Mulu in den Dreck am Rande des Berges. Mühelos knipste er ein Stück Draht ab. Dann entfernte er die Stacheln. Jetzt begannen Alem, Beset und Zehai mit der Hauptarbeit: Während Mulu sich unaufhörlich mit der Zange in den Berg fraß, versuchten sie den Draht auseinander zu biegen. Er bestand aus drei Stahlsträngen, die umeinander gedreht waren.

„Wer das wohl gemacht hat?", fragte Beset.

Zehai und Alem wussten es auch nicht.

„Dass jemand so viel Kraft hat, kann ich mir nicht vorstellen. Irgendeine Maschine muss es dafür geben", überlegte Beset laut.

Die stählernen Stränge hielten fest zusammen. Die Mädchen mussten sich mächtig anstrengen um die Drähte voneinander zu trennen. Ihre Finger schmerzten vor Anstrengung und Kälte. Ein ums andere Mal musste Mulu mit der Zange nachhelfen. All den Verkehr und die Menschen um sie herum hatten die vier schon fast vergessen, als plötzlich eine wütende Stimme hinter ihnen rief: „Was macht ihr in unserem Revier?"

Es war ein Junge ohne Schuhe. Er war kaum größer als Zehai, obwohl er stand und Zehai kniete.

„Wir holen uns nur etwas Draht", erklärte Mulu ihm und seinen fünf Freunden.

„Ihr bedient euch also hier, ohne uns zu fragen?" Die kurze grüne Stoffhose des Anführers war völlig zerrissen. Sie sah aus wie ein Flickenteppich. Bestimmt hatte er seit Jahren keine neuen Kleider mehr bekommen. Vielleicht war er schon in den Sachen geboren worden und nur nach und nach, Flicken für Flicken, wuchsen seine Lumpen mit ihm. Da ging es sogar Alem, Beset und Zehai noch besser. Sie bekamen jedes Jahr gebrauchte Kleider vom Roten Kreuz.

Mulu erhob sich. Er überragte den Anführer. Die beiden Jungen standen sich gegenüber wie zwei Wölfe, die die Zähne fletschen.

52

„Na und? Gehört der Draht etwa dir?", fragte Mulu und ballte die Faust.

„Du glaubst doch nicht, dass du hier einfach machen kannst, was du willst?", gab der Junge zurück. Er kniff die Augen zusammen und legte grimmig die Stirn in Falten.

„Doch!", entgegnete Mulu. „Ich glaube schon, dass ich machen kann, was ich will. Ich sehe jedenfalls niemanden, der mich davon abhalten könnte."

Kaum hatte er das gesagt, da schoss die Faust des Anführers wie ein Pfeil nach oben, schnurstracks auf Mulus Nase zu. Mulu war überrascht, duckte sich aber noch früh genug. Die geballte Rechte streifte ihn nur an der Stirn. Dann stürzte sich Mulu auf den Jungen. Der rutschte im Schlamm aus und fiel wie ein Sandsack in den Matsch. Er lag auf dem Bauch. Mulu setzte sich in Windeseile auf seinen Gegner und drehte ihm die Arme auf den Rücken. Dann kam einer aus der Bande seinem unterlegenen Freund zu Hilfe. Er legte Mulu die Hände um den Hals und würgte ihn von hinten.

„Lass ihn!", befahl der Anführer gequält. Mulu war überrascht. Er hatte Erfahrung in solchen Kämpfen und wusste, wie fies manche Jungen wurden, wenn sie Angst hatten zu verlieren. Doch dieser Bandenführer bewies Charakter. Davor hatte

Mulu Respekt. Er stand auf und ließ den Jungen frei.

Jetzt erst bemerkten die Kinder, dass der Nieselregen in einen Platzregen übergegangen war. Die beiden Kämpfer waren patschnass und von oben bis unten mit Schlamm besudelt. Sie sahen aus wie zwei Flusspferde, die sich am Nilufer gewälzt hatten.

„Ihr könnt euch so viel Draht abschneiden, wie ihr wollt! Aber dann verschwindet gefälligst aus unserem Revier, sonst kommen wir wieder zurück", drohte der Bandenführer.

Mulu nickte und sagte: „Wir haben sowieso schon genug."

Zehai meinte zwar, dass sie noch gut und gerne einen oder zwei Meter mehr gebrauchen könnten, doch Mulu war anderer Ansicht. Er wollte möglichst schnell weg.

„Dann ist ja gut", erwiderte der Anführer und verschwand mit seinen Freunden im Labyrinth der Busse.

Es blitzte und donnerte, als die vier Kinder sich auf den Rückweg machten. Sie rannten durch den strömenden Regen zur Haltestelle, wo sie nicht lange auf den Bus warten mussten. Wie immer war er überladen. Nur langsam bewegte sich der Bus mit seiner schweren Last über die holprigen Straßen.

„Früher hat es während der Regenzeit ununterbrochen geregnet", berichtete Zehai und sah aus dem Fenster. Harte Hagelkörner schlugen jetzt gegen die Scheibe.

„Heute regnet es kurz, dann hagelt es und wenig später scheint wieder die Sonne."

„Aber wenn es regnet, regnet es stärker als früher, hat meine Mutter gesagt", ergänzte Alem und lehnte sich an Zehai an. Draußen wurde das Wetter immer schlechter. Die Autos dicht hinter dem Bus waren kaum noch zu erkennen.

Alem zuckte zusammen. Ein Hahn flog mit der Wucht eines Fußballs gegen die Scheibe. Laut schreiend rutschte er vor ihrer Nase am Glas herunter und stürzte am Boden auf ihre Füße. Sie war geschockt. Ein bärtiger Mann mit Stupsnase legte Alem plötzlich seine mächtige Hand auf die Schulter.

55

„Na, erschreckt?"

Die Fahrgäste um Alem herum lachten. Selbst

Zehai und Mulu prusteten laut los. Es hatte aber auch zu komisch ausgesehen, wie Alem mit weit aufgerissenen Augen auf den Hahn starrte, als läge dort der Teufel.

„Er ist mir ausgebüxt", erklärte der Mann und packte den zeternden Hahn, der wild um sich trat, am Kopf. Er hatte scharfe Krallen, die wie Messer an den gelben Zehen hervorblitzten. Mit einem Griff schnappte der Kerl die Füße des Hahns und ließ ihn kopfüber herunterhängen. Er nahm eine Rolle Klebeband aus der Tasche, rot und glänzend wie der Hahn selbst, und wickelte es dem Vogel um die Beine. Der Hahn rang nach Luft und versuchte nach seinem Besitzer zu hacken. Immer noch starr vor Schreck sah Alem zu, wie der Mann nun einen Schritt zur Seite machte und den Hahn einfach fallen ließ. Dieser plumpste auf die Treppe, direkt am Ausgang. Sofort versuchte er sich aufzurappeln. Doch ehe er richtig zur Besinnung kam, versetzte ihm der Mann schon einen leichten Tritt, worauf er wieder auf die untere Stufe hinabglitt. Dort lag der Hahn jetzt, eingequetscht zwischen Tür und Stufe, und blieb wie tot liegen.

Es kehrte wieder Ruhe im Bus ein, als ob nichts

geschehen wäre, bis der Bus quietschend hielt und sich die Türen öffneten. Wie vereiste Kirschkerne prasselten die Hagelkörner auf Zehai, Mulu, Alem und Beset nieder, als die vier ausstiegen. Sie rannten über den Markt. Immer wieder rutschten sie mit ihren nackten Füßen im Schlamm aus. Die Straßen waren leer gefegt. Nur die Schwachen, die schon seit Tagen kein Stück Brot mehr gegessen hatten, lagen am Wegesrand. Ihnen war das Wetter gleich: Sie verhungerten.

Die anderen, die Kräftigen, hatten sich einen Unterstand gesucht. Wer noch ein paar Bretter besaß, nagelte sein Geschäft zu. Die Buden glichen zugemauerten Schildkrötenpanzern. Zehai legte ein höllisches Tempo vor.

„Nun kommt schon! Wir müssen es noch vor Einbruch der Dunkelheit schaffen!", trieb sie ihre Freunde an. Es war schon fast dunkel und die Hagelkörner wurden immer größer. Zu allem Unglück blies der eiskalte Wind nun noch stärker.

„Ich kann nicht mehr!", klagte Beset. Ihre Beine waren bleischwer und versanken wie Zahnstocher im Matsch. Sie ließ sich einfach auf die Knie fallen. Zehai, Mulu und Alem blieben wie angewurzelt stehen. Auch Alem war müde und durchnässt. Sie setzte sich neben ihre Freundin, um sie zu trösten, und streichelte ihr über das Haar. Zehai und Mulu blickten hinunter auf die beiden, die sich umarmten.

Doch dieser traurige und zugleich schöne Augenblick währte nicht lange, da blitzte Zehai ein Gedanke durch den Kopf, der sie aufschrecken ließ: ihr Zelt! Würde es den Sturm überstehen? Diese Hagelkörner waren die größten, die sie je gesehen hatte. Und sicherlich würden Erdklumpen den Hang heruntergespült, die das Zelt unter sich begruben.

„Wir müssen weiter!", bat sie die anderen.

„Komm", sagte Mulu mit ruhiger Stimme zu Beset, die jetzt nicht mehr weinte. Sie klammerte sich fest an ihren neuen Freund, der ihr mit einem Ruck aus dem Schlamm half.

„Wir müssen gehen, sonst kommen wir nicht mehr rechtzeitig nach Hause!" Die Angst stand Zehai ins Gesicht geschrieben. Schließlich war das Zelt aus Plastiktüten, Stoff und ein paar Brettern ihr einziges Zuhause.

Die Kinder rannten los. An den Steinhäusern der

Reichen vorbei, wo Getas Freunde wohnten, führte der Weg zum Fluss. Der ganze Hügel war nur noch eine trostlose braune Soße aus Erde und Abfall. Der kleine Fluss am Fuß des Hügels war zu einem reißenden Strom angeschwollen. Teile der Hütten am Ufer waren schon vom Wasser umspült. Sie konnten jeden Moment von der Strömung mitgerissen werden. Männer, Frauen und Kinder versuchten ihre Hütten mit Stöcken und Steinen abzustützen. Was aber war mit Zehais Zelt? Es stand ungeschützt am Ufer.

Die Wege der vier trennten sich hier am Fuß des Hanges. Alem und Beset mussten den Berg hinauf, Zehai und Mulu am Wasser entlang. Mit letzter Kraft wateten Mulu und Zehai voran durch den Strom. Auch für Beset und Alem waren die letzten Meter nach Hause eine Qual. So steil wie heute war ihnen der Weg noch nie vorgekommen. Ständig rutschten sie ab. Zudem hatte Alem ein schlechtes Gewissen. Was war wohl mit ihrer Mutter? Sie hatte sicher bemerkt, dass Alem den ganzen Tag fort gewesen war. Sie machte sich bestimmt Sorgen. Und was war mit ihrem Bruder Nagasch? War er schon von der Schule zurück?

DER STURM

Als Beset hinter der Blechtür ihrer Hütte verschwand, sammelte Alem noch einmal all ihre Kräfte und rannte los. Trotz des Sturms wartete Kalamork am Eingang der Hütte auf ihre Tochter. Alem war völlig erschöpft, stürzte, stand wieder auf und rannte weiter, bis sie schließlich überglücklich in die Arme ihrer Mutter fiel. Kalamork hielt Alem fest, als wolle sie sie erdrücken, hob sie hoch und küsste sie auf die Stirn. In Alems Haaren hatte sich schon eine gläserne Schicht aus Hagelkörnern festgesetzt, so groß wie Murmeln.

Kalamork fragte nicht, wo Alem gewesen war. Sie freute sich nur, dass sie gesund und endlich wieder zu Hause war. Alems Blick fiel auf ihren Bruder. Erst im nächsten Moment erkannte sie den Mann mit dem hageren Gesicht, der neben Nagasch auf dem Bett saß. Es war Fesseha, der Wächter des Grüns.

„Was macht er denn hier?", flüsterte Alem ihrer Mutter ins Ohr.

„Er kann bei dem Wetter nicht draußen schlafen. Der Sturm hat seine Hütte zerstört."

Der Wächter sah Alem genau an, als ihre Mutter sie jetzt mit einem Tuch trockenrieb. Alem fürchtete sich. Fesseha hatte sicher Kalamorks Erklärung gehört und jetzt war er bestimmt wütend darüber, dass Alem ihre Mutter das gefragt hatte. Eine Gänsehaut wie Schmirgelpapier überzog Alems Körper. Bevor sie sich allerdings ausmalen konnte, wie es sein würde, wenn Fesseha heute Nacht in ihrem Bett schliefe, donnerte es fürchterlich. Der Donner war so laut, dass man glauben konnte, Gott habe im Himmel auf eine riesige Blechtrommel geschlagen.

„Hoffentlich wird die Ernte nicht zerstört", sagte Fesseha.

Kalamork setzte sich zu ihm und Nagasch aufs Bett und nahm Alem auf den Schoß. „Ich werde beten." Kalamork faltete die Hände. Alem lief ein Schauer nach dem anderen über den Rücken. Es war unheimlich. Die Hagelkörner schlugen wie Steine auf das Dach und der Wind pfiff um die Hütte. Der Himmel lag wie Öl über allem. Nagasch, Fesseha, Alem und ihre Mutter schlossen ganz fest die Augen. Alem war mit ihren Gedanken allein. Sie konnte die Worte ihrer Mutter kaum hören, so laut prasselte der Hagel auf das Wellblech. Kalamork sprach vom Teufel, der gegen das Gute kämpfe und Blitze zur Erde schicke. Er sei aus der Hölle in den Himmel gestiegen und wolle Gott vom Thron stürzen. Sie endete mit den gleichen Worten, mit denen sie ihre Gebete immer beendete: „Und wir hoffen, dass das Gute siegen wird. Amen."

In dieser Nacht sah es schlecht für das Gute aus. Das Wort „Amen" lag noch wie ein Hoffnungsfunken in der Luft, da ertönte draußen schon ein lautes Scheppern. Das konnte nichts Gutes bedeuten. Fesseha sprang auf und öffnete mit einem kräftigen Ruck die Tür. Keine zehn Schritte von ihm entfernt flog ein mannsgroßes quadratisches Stück Wellblech durch die Luft und schlug krachend gegen die Wand der Hütte.

Während Fesseha noch wie gebannt auf das Blech starrte, ging plötzlich alles ganz schnell. Eine neue Windbö fegte über die Hütten hinweg und riss mehrere Dächer mit sich. Wie Blätter aus Stahl wirbelten sie in der Luft gegeneinander, bis sie schließlich im Matsch liegen blieben. Der pfeifende Wind und das Donnern des Blechs vermischten sich mit den klagenden Schreien der Menschen, deren Hütten vom Wind zerrissen wurden.

„Haltet das Dach fest!", schrie Fesseha geistesgegenwärtig. Der Wächter stellte sich auf die Zehenspitzen und drückte von außen auf das rostige Dach der Hütte. Kalamork, Alem und ihr Bruder sprangen auf, kletterten aufs Bett und hielten das Dach fest. Sie krallten sich mit ihren Fingern in die Löcher des Blechs. Doch es geschah etwas völlig Unerwartetes: Die Wände der Hütte wackelten und bekamen Risse.

„Kommt raus", schrie Fesseha. „Raus hier!"

Die drei stürzten Hals über Kopf aus der Hütte. Gerade noch rechtzeitig, ehe sie wie ein Kartenhaus zusammenfiel.

Nach und nach erwischte es auch die anderen Behausungen. Alles war in Bewegung und begann zu rutschen. Besets Mutter lief noch einmal in die Hütte, die gleich ihren Halt verlieren würde. In letzter Sekunde kam sie mit ihrem bemalten Tonkrug im Arm wieder heraus. Der Hang sah aus wie ein Schlachtfeld. Frauen, Kinder, Männer standen vor ihren Hütten und sahen hilflos zu, wie sie vor ihren Augen zusammenbrachen. Alles schlidderte unaufhaltsam den Hang hinab.

Was war wohl mit Zehai?, fragte sich Alem. Schließlich lebte ihre Freundin direkt am Fluss. Und da war niemand, der Zehai helfen könnte, keine Mutter, kein Vater und keine Geschwister. Alem sah Besets Vater. Er saß zusammengekauert im Regen vor den Trümmern der Hütte. Sein Gesicht hatte er in den Händen vergraben. Er schluchzte. Er war so stolz auf seine Hütte gewesen. Er hatte einen richtigen Schrank mit Türen und einer Schublade gebaut. Und erst das Bett für Beset und ihre beiden Brüder! Es war aus Holz und stand auf Füßen. Sogar bei Regen wurden die Kinder darin von unten nicht nass. Um dieses Bett hatte Alem Beset immer beneidet. Denn die Steine, auf denen sie selbst lag, waren hart und oft feucht. Alem sah, wie ihre Freundin zu ihrem Vater ging und ihn umarmte.

„Komm, ehe es zu spät ist. Wir müssen los!", schrie Fesseha Alem an und riss sie am Arm hoch.

„Fesseha glaubt, es ist besser oben auf dem Berg zu warten, bis alles vorbei ist!", erklärte Nagasch und drückte seine Schulbücher an sich, die er aus der Hütte gerettet hatte.

Der Weg war mühsam. Sie kamen nur langsam voran. Alem, Nagasch und ihre Mutter hatten fast alles in der Hütte zurückgelassen: Körbe, einen Topf, die hellen bunten Teller und Tassen aus Plastik.

„Es ist ohnehin nichts mehr zu retten, was wir nicht auch noch später holen können. Hauptsache, wir retten erst einmal unser Leben", meinte Fesseha, dessen Stimme auf Alem beruhigend wirkte. Er schien überhaupt keine Angst zu haben.

Gemeinsam kletterten sie an den anderen Hütten vorbei, die zum größten Teil schon kaputt waren, vorbei an Menschen, die aufgeregt alles zusammenrafften, was sie noch festhalten konnten, vorbei an schreienden Säuglingen und an Müttern mit Kopftüchern, die schon aufgegeben hatten und zusammengekauert ihre Kinder festhielten.

Einige schlossen sich den vier traurigen Gestalten an. Die alte Frau, der Alem gestern noch auf ihrem Weg zum Grün begegnet war, hatte all ihre Habseligkeiten in einen Leinensack gepackt, den sie hinter sich her schleifte. Mit der Hoffnungslosigkeit wuchs der Menschenzug, der sich den Hang hinaufschleppte.

Es mochten nur zwei- oder dreihundert Meter bis zur Kuppe sein, wo noch ein paar Bäume standen, auf denen Geier saßen. Alem kam es vor wie eine Reise zu den Sternen. Eine unendlich lange Reise, denn die Sterne waren heute Nacht vom Himmel verschwunden. Der Regen hatte sie ausgelöscht und mit ihnen die Hoffnung.

Als der traurige Treck endlich sein Ziel erreichte, suchten die Menschen Schutz unter den Bäumen. Zuerst waren es nur wenige, dann wurden es immer mehr. Schließlich ließen sich alle auf dem Bergkamm nieder. Sie dachten an ihre Freunde und Verwandten, die es nicht mehr geschafft hatten und in der Dunkelheit mit der Gewalt der Natur kämpften.

Auch hier oben stürmte und hagelte es. Doch die Bäume breiteten schützend ihre dichten grünen Fächer über Alem und die anderen aus. Es sah aus, als beschirmten sie wie Vögel mit weit gespreizten Schwingen ihre Jungen, die unter ihren Flügeln im

Nest lagen. Alem fiel zum ersten Mal auf, wie schön die Bäume waren. Unten im Tal gab es so gut wie keine mehr, höchstens noch ein paar Sträucher. Wenn Alem sonst Bäume sah, dachte sie nur an das Brennholz, das man aus ihnen machen konnte, um es in der Hütte warm zu haben. Alem war völlig erschöpft und ihre Gedanken kreisten wie Geier in ihrem Kopf, immer und immer wieder drehten sie sich im Kreis.

In dieser Nacht geschah etwas Merkwürdiges, an das sich Alem später immer wieder erinnern sollte, ohne es je zu verstehen. Unten, am Fuß des Berges, wo der Fluss alles mit sich riss, erblickte sie Zehais Gesicht. Es sah alt aus und war ganz abgemagert. Zehai winkte Alem zu sich heran, um ihr etwas ins Ohr zu flüstern. Etwas Schreckliches, das nur Alem verstehen konnte, etwas, das ihr sagte ... Plötzlich wusste sie: Zehai wird sterben, sie kämpft dort unten gerade um ihr Leben. Und sie wusste, dass ihre Freundin nach ihrem Tod zurückkehren würde. Genau dann, wenn schon niemand mehr an sie glaubte.

Alem zuckte zusammen und schlug die Augen wieder auf. Fast wäre sie im Arm Fessehas eingeschlafen. Sie zitterte am ganzen Leib, nicht vor Kälte und nicht wegen des Regens, sondern aus Furcht.

„Ich habe Angst", sagte sie zu Fesseha. Er lächelte sie an und nahm sie fest in den Arm. So böse, wie sie immer geglaubt hatte, konnte er nicht sein. Fesseha war kein Dämon, kein Tenquai. Da konnte sie ganz sicher sein, sonst hätte er ihrer Mutter und Nagasch bestimmt nicht geholfen.

„Ich hab immer die Haare aus der Wand gezogen", beichtete Alem ihm. „Ist deshalb unsere Hütte kaputtgegangen?"

„Nein. Mach dir keine Sorgen. Du kannst nichts dafür", beruhigte er sie und breitete seinen Umhang aus dicker Schafwolle über Alem aus.

Wie betäubt schlief sie ein. Sie hörte den Wind und sie spürte die Kälte. Doch sie hoffte, dass morgen wieder alles so sein würde wie früher. Und dass Zehai noch lebte.

Wo ist Zehai?

Wie sie hierher gekommen war, wusste Alem nicht mehr. Sie lag zusammen mit den anderen Kindern unter einem gewaltigen Baum mit schmalen, grünen Blättern. Ihr Kopf war kalt, fast so als sei er eingefroren, und alles an ihr klebte von Schmutz und Schlamm.

Wo war Zehai? Die Frage schoss ihr wie ein Blitz durch den Kopf. War sie tot? Ihr blieb keine Zeit weiter darüber nachzudenken, denn Beset kam auf sie zu. Sie stakste mit einem Lächeln durch das kniehohe, saftige Gras und nieste mehrmals.

„Die Erwachsenen überlegen, was sie tun sollen." Beset zeigte auf die Menge, die sich einige Schritte vom Schlafplatz entfernt versammelt hatte. Dort standen auch Alems Mutter und Nagasch, der schon eher zu den Erwachsenen als zu den Kindern gehörte. Schließlich besuchte er die Schule und konnte sogar lesen und schreiben.

Beset setzte sich neben Alem und zeigte ihr stolz die rechte Hand. An jedem ihrer mageren Finger trug sie einen Ring, am mittleren sogar zwei. Das Metall glänzte auf der sanften braunen Haut. Jetzt erst fielen Alem die beiden Kreuze auf, die an Besets Halskette baumelten. Es war der Schmuck von Besets Mutter. Er stammte noch aus der Zeit vor dem Krieg, als Besets Urgroßeltern auf dem Land gelebt hatten.

„Das ist das Einzige, was wir gestern Abend mitnehmen konnten. Und ich muss darauf aufpassen." Beset war stolz, dass ihr der Familienschmuck anvertraut worden war.

„Da sind ganz viele Männer, die ich nicht kenne", sagte Alem und zeigte auf einige in Lumpen gekleidete Gestalten, die bei den anderen standen.

„Freunde von Fesseha. Soldaten."

„Soldaten?"

„Ja, die Soldaten, mit denen er sich abends trifft. Sie überlegen, wie man die Hütten wieder aufbauen kann", berichtete Beset.

Alem beschirmte ihr Gesicht mit der linken Hand und blickte in den fast wolkenlosen Himmel. Gott sei Dank regnet es nicht mehr, dachte sie. Die Sonne war gerade aufgegangen und goss ihr Licht über das weite Land hinter den Bergen von Addis Abeba. Überall brach der dunkle fruchtbare Boden unter der Steppe hervor. An manchen Stellen war er rot wie Blut. Einige Rinder grasten weit entfernt am Horizont, als wollten sie den Rand der Erde langsam abkauen.

„Es ist nicht mehr viel übrig", sagte Beset und blickte den Berg zur anderen Seite hinunter. Dort hatten gestern noch die Hütten gestanden.

„Und wo sollen wir denn jetzt schlafen?", fragte Alem. Sie konnte kaum aufstehen. Ihr Rücken war noch ganz steif und nass vom Regen.

Beset zuckte mit den Schultern.

„Ist Zehai da?", fragte Alem weiter.

„Nein", gab ihre Freundin zurück. Sollte der Albtraum von gestern Nacht am Ende wahr sein? Hatte Zehai zu ihr gesprochen und war wirklich tot? Alem war verwirrt. Die beiden gingen den Bergrücken entlang zu den Erwachsenen.

Mitten in der Menge stand Fesseha und sagte:

„Lasst den Kopf nicht hängen. Meine Freunde und ich sind im Krieg schon mit größeren Problemen fertig geworden."

Seine Kameraden nickten.

„Wir sollten für eine bessere Zukunft beten", forderte Fesseha die Leute auf.

Alem und Beset senkten den Kopf, schlossen die Augen und falteten die Hände. Der Berg schien sich vor Gott und der aufgehenden Sonne zu verbeugen, als nun alle gemeinsam auf die Knie gingen und beteten. Dann hob Fesseha seinen Stock, auf den er sich sonst stützte, hoch über den Kopf und rief eindringlich: „Es muss jetzt weitergehen! Wir müssen gleich mit den Aufräumarbeiten beginnen!"

„Hat Fesseha denn genug Freunde zum Helfen?", fragte Alem ihre Freundin.

„Weiß nicht genau. Guck doch selbst. Es sind jedenfalls sehr, sehr viele." Beset zeigte auf die Soldaten.

Die Männer blickten entschlossen drein und diskutierten aufgeregt mit Fesseha, ihrem Anführer. Die jungen Männer waren im Krieg schnell erwachsen geworden. Er hatte seine Brandzeichen in ihren Gesichtern hinterlassen. Die Narben würden sie für immer an die schrecklichen Kämpfe erinnern.

„Also, lasst uns anfangen!", sagte Fesseha laut und ging den Berg hinunter. Die Übrigen folgten ihm und schon bald kramten die Menschen vom Hang in den Trümmern ihrer Hütten. Jeder suchte nach seinen Sachen: Flaschen und Pfannen, Kannen und Kisten. Nagasch fand sogar den Korb wieder, den seine Mutter vorgestern fertig geflochten hatte. Er war voller Schlamm und musste gründlich gereinigt werden. Das hübsche rotgrüne Muster war fast nicht mehr zu sehen.

„Sie hat gesagt, sie käme wieder." Alem erzählte Beset von dem Traum, in dem ihr die tote Zehai erschienen war.

„Wenn Menschen tot sind, können sie auch wiederkommen. Das ist überhaupt kein Problem", meinte ihre Freundin und fügte hinzu: „Jesus ist auch wiedergekommen. Das weiß ich."

Das war ein schlagender Beweis. Schließlich glaubten sogar die Erwachsenen daran.

Die Mädchen verließen ihre Eltern und gingen weiter den Hang hinab bis zum Fluss. Von Zehai war keine Spur zu sehen. Lediglich ihr kunterbuntes Zelt lag unter den Trümmern einer Hütte begraben. Sie gehörte einem Ehepaar.

„Wissen Sie, wo Zehai ist?", erkundigte sich Alem bei dem Mann, der schon sehr alt sein musste, denn sein Gesicht mit den spitzen Wangenknochen war voller Falten.

„Wir haben sie noch nicht gesehen", antwortete er und sah seine Frau fragend an.

„Und ihre Sachen? Haben Sie die gesehen?"

„Die liegen hier drunter", erklärte er und zog einen Blechnapf aus dem Schlamm hervor.

„Seid ihr Freundinnen von Zehai? Ich hab euch doch schon mal hier gesehen."

Alem nickte der Frau in dem bunten, dreckverschmierten Umhang zu. Die Regenbogenfarben, in denen der Stoff sonst glänzte, waren matt und stumpf.

„Können wir mal gucken?", bat Alem.

„Warum nicht?", meinte der Mann. Er räumte stöhnend die Bretter beiseite.

Alem und Beset suchten nach den Überresten von Zehais Zelt. So sehr sich die Mädchen auch bemühten, sie fanden schließlich doch nur ein paar Holzstäbe, Stoffreste und bunte Plastiktüten. All die kleinen Dinge, an denen Zehai gehangen hatte, waren nicht mehr da. Selbst ihre Halskette und die Dose mit den kurzen Stöcken, die sie manchmal an der Asphaltstraße als Zahnbürsten verkauft hatte, waren verschwunden.

„Sie hat alles mit in den Himmel genommen."

Die beiden alten Leute verstanden nicht so recht, was Alem damit meinte. Beset nickte Alem zu und die Mädchen gingen den Fluss entlang zu ihren Eltern zurück.

WIR BRAUCHEN BÄUME!

Bis zum Mittag wollten sie die allerwichtigsten Sachen in Sicherheit gebracht haben. Wie werkelnde Ameisen bedeckten die Menschen den aufgeweichten Berghang. Einige befürchteten, dass es erneut regnen würde. Doch langsam trocknete der Schlamm unter den wärmenden Strahlen der afrikanischen Sonne wieder zu fester Erde.

Nachmittags zog sich der Himmel erneut zu. Dunkle Wolken verdeckten die Sonne und es begann zu nieseln. Die meisten hatten ihre Sachen schon auf den Berg getragen. Die Soldaten waren zufrieden. Sie hatten ganze Arbeit geleistet und das Holz und Blech der Hütten auf kleine Haufen gelegt, die wie riesige Maulwurfshügel aussahen.

Am Abend kam Salamon, der Leiter des Grüns, zu ihnen auf den Bergrücken. Er stellte sich in die

Mitte der Menge und verschränkte die Arme vor der Brust. Er hat genauso schöne hellbraune Handflächen wie Mulu, dachte Alem, die ihn beobachtete, wie er die Arme ausbreitete. Die meisten Leute trafen Vorkehrungen für die Nacht und suchten einen Platz zum Schlafen. Doch jetzt, wo Salamon etwas sagen wollte, ließen sie alles stehen und liegen und setzten sich zu ihm.

„Das Elend, in dem wir heute leben, hat uns nicht der Teufel geschickt!", erklärte er laut. Salamon hatte sein graubraunes Jackett an, das er sonst nur zur Messe trug.

Sofort wurden alle neugierig. Einige waren sich nämlich sicher, dass der Teufel an dem Unglück schuld sei. Viele glaubten an den Teufel, denn ihm konnten sie für alles Schlechte in der Welt die Schuld geben und mussten sie nie bei sich selbst suchen.

„Der Teufel war es nicht, sondern wir selbst!"

Trotz ihrer Müdigkeit hörten ihm alle gebannt zu. Jeder hatte Respekt vor Salamon: Er hätte aus Addis Abeba weggehen können, um sich irgendwo auf dem Land ein schönes Haus zu kaufen. Aber er tat es nicht. Er blieb bei den Leuten vom Hang und lebte in ihrer Nähe am nächsten Hügel. Wenn er von der Arbeit kam, half er den Frauen vom Grün und zeigte ihnen, wie man Gemüse anpflanzt und eine Rechnung ausstellt.

„Ihr alle kennt das Grün. Und viele von euch haben dort schon einmal Kohl oder Möhren gekauft. Aber die Frauen pflanzen dort noch etwas genauso Wichtiges an." Salamon hielt für einen Moment inne, dann hob er die Stimme: „Etwas genauso Wichtiges, nämlich Setzlinge! Und sie hegen und pflegen die jungen Bäume. Viele von euch haben sich bestimmt schon gefragt, wozu das eigentlich gut ist. Schließlich kann man sie nicht essen."

Alle um ihn herum nickten, als habe er jeden Einzelnen von ihnen angesprochen. Salamon bändigte seine Stimme, die wie die eines Predigers lauter und lauter wurde.

„Aber einige wissen, warum wir die Setzlinge züchten, die später einmal mächtige Bäume sein werden."

Sogleich begannen dort eine Frau und da ein Mann zu reden, um dem Nachbarn den Sinn der Setzlinge zu erklären. Doch Salamon kam ihnen zuvor und redete weiter.

„Wir brauchen sie, damit unser Land nicht völlig verwüstet, damit die riesigen Wurzeln der Bäume die Berge zusammenhalten wie das Stroh den Lehm eurer Hütten. Und damit sie Schatten spenden für die kleineren Pflanzen. Wir brauchen die Bäume, weil wir ihren Atem atmen und sie das Wasser für uns festhalten. Sie trinken es mit ihren Blättern und Wurzeln. Wasser, das nach dem Regen sonst sofort wieder zum Himmel zurückkehrt. Wir brauchen die Bäume, damit wir leben können!"

Salamon hob und senkte die Stimme im Takt seiner kräftigen Arme, mit denen er seine Rede unterstrich.

„Viele von euch wissen noch, wie fest dieser Hügel früher aussah. Und heute? Da ist kein Baum, der sich dem Regen entgegenstemmt, da sind keine Wurzeln, die mit ihren hundert Armen die Erde fest umklammern. Da werden eure Hütten und all euer Hab und Gut einfach weggespült, wenn der Sturm tobt."

Alem bewunderte den Mann, der wie ein Fels in der Brandung stand. Sie schaute ihrer Mutter ins Gesicht. Kalamork hatte ihr schon mehrmals erklärt, was Salamon jetzt allen sagte.

„Deshalb müssen wir Bäume pflanzen. Auf dem Grün wurde die Ernte zerstört, doch die Setzlinge haben den Sturm überlebt. Ich habe sie mir heute angesehen. Jeder, der hier wohnt, soll einen Setzling vor seinem Haus pflanzen und darauf achten, dass er wächst. Wenn im Sommer das Wasser knapp wird, gebt ihm Wasser, denn er wird es euch irgendwann einmal zurückgeben. Und er wird eure Hütten beim nächsten Sturm schützen."

Noch während Salamon sprach, trällerten die Frauen ihr „Lililili", ein Zeichen, dass ihnen Salamons Vorschlag gefiel.

Am nächsten Morgen gingen alle Bewohner des Hügels gleich an die Arbeit. Jeder neue Tag brachte Veränderungen. Mit unglaublicher Geschwindigkeit zimmerten die Menschen ihre Hütten wieder zusammen. Und immer mehr ehemalige Soldaten kamen um ihnen dabei zu helfen, bis alles wieder stand. Und vor jeder Hütte reckte bereits ein kleiner Setzling seine winzigen Blätter der Sonne entgegen.

Dann gab es für die Frauen vom Grün noch eine erfreuliche Nachricht aus Deutschland: Die Weißen wollten Geld schicken, damit sie einen Hühnerstall bauen und sich Hühner kaufen konnten. So hätten die Frauen und ihre Familien immer genügend Fleisch.

Als Kalamork abends nach der Arbeit auf dem Grün ihren Kindern davon berichtete, fragte Alem: „Und was fressen die Hühner?"

„Unsere Hühner bekommen die Reste vom Gemüse", antwortete Kalamork. „Und mit dem Kot der Hühner düngen wir dann wieder die Felder."

GEHEIMNISVOLLE
ZEICHEN UND EIN SCHWUR

In den Tagen des Aufbaus waren die Kinder überhaupt nicht zum Nachdenken gekommen. Schließlich musste jeder mithelfen. Abends fielen sie schwer wie Pflastersteine ins Bett.

Aber in dieser Nacht konnte Alem zum ersten Mal nicht einschlafen, während ihr Bruder neben ihr laut schnarchte. Alem lag wach und wälzte sich hin und her im neuen Bett, das Besets Vater für sie und ihren Bruder gebaut hatte. Sie musste an Zehai denken, die sicher schon im Himmel angekommen war und nun auf das Leben in Addis Abeba hinabsah.

Hoffentlich ist sie wirklich im Himmel. Hoffentlich, dachte Alem.

Auch Mulu hatte Zehai nach jener Sturmnacht nicht mehr gesehen, obwohl er mit seinen Eltern keine fünf Minuten von Zehais Zeltplatz entfernt wohnte. Sie war wie vom Erdboden verschluckt.

Auf dem Grün kehrte langsam wieder der Alltag ein. Das beruhigende Singen der Vögel und der sanfte weiche Regen machten Alem an diesem Morgen glücklich. Sie sah ihrer Mutter zu, wie sie die winzigen Samenkörner in die Furchen des dunkelbraunen Bodens steckte. Und fast hätte sie Zehai vergessen. Nur wenn sie von weitem den Baumstumpf sah, bekam sie eine Gänsehaut und dachte an die vielen Stunden, die sie dort mit ihrer Freundin verbracht hatte. Dann fielen ihr Zehais Geschichten von Erdmenschen und Krokodilen, von Pantern und Elefanten ein. Um den Baumstumpf machten die Kinder seit jener schrecklichen Nacht einen großen Bogen.

„Das muss sich jetzt ändern." Alem war fest entschlossen. Sie rannte am Ufer des Baches entlang um Mulu abzuholen. Der kam ihr schon auf halbem Weg entgegen. Er war Feuer und Flamme für Alems Vorschlag. Auch Beset war schnell von der Idee überzeugt.

Schon bald hockten die drei Kinder auf dem Stumpf und erzählten.

„Was ist das eigentlich für ein Gekritzel?", fragte Mulu und zeigte auf einige krakelige Zeichen, die jemand offensichtlich mühsam in den Baumstumpf geritzt hatte.

„Woher soll ich das wissen?" Alem zuckte mit den Schultern, strich mit dem Finger über die Inschrift und erklärte: „Es sind auf jeden Fall Buchstaben." Die beiden anderen stimmten zu. Das war eindeutig.

„Und was heißt es?", fragte Mulu.

„Keine Ahnung", antwortete Alem. „Ich gehe erst nächstes Jahr zur Schule. Eins weiß ich aber: Vor dem Sturm waren sie noch nicht da."

„Vielleicht war es einer aus Getas Bande?"

Kaum hatte Beset den Namen Geta ausgesprochen, überkam die drei Kinder ein ungutes Gefühl. Den Protzer hatten sie fast schon vergessen.

„Hast du eigentlich den Draht noch?", wollte Mulu von Beset wissen. „Du hast ihn doch damals auf dem Busparkplatz eingesteckt?"

Beset zog einen Stock mit dem aufgewickelten Draht aus ihrer großen, ausgebeulten Hosentasche und hielt ihn Mulu vor die Nase, so dicht, dass er zurückschreckte.

„Den hab ich natürlich verwahrt. Schließlich haben wir ihn mit Zehai zusammen geholt."

Für einen Moment schwiegen die Kinder. Fast schien es, als ob Zehai wieder neben ihnen säße, ihre tiefschwarzen Haare zu kleinen festen Zöpfen flocht und mit ihnen auf ein neues Abenteuer wartete.

Dann unterbrach Alem die Stille, denn sie hatte einen ihrer Einfälle.

„Wir haben ein Erbe", erklärte sie mit getragener Stimme.

Beset und Mulu waren erstaunt: „Ein Erbe?"

„Das Einzige, was uns Zehai hinterlassen hat, ist der Draht. Warum hat sie wohl alles andere mitgenommen, aber nicht den Draht?"

„Weil Beset ihn in der Hosentasche hatte", gab Mulu zurück.

Alem fasste sich an den Kopf. Wie konnte Mulu nur so einfältig sein.

„Nein, Mulu. Das hat eine andere Bedeutung. Ihr Geist hätte auch den Draht mitnehmen können. Sie wollte uns bestimmt etwas damit sagen."

„Was denn?", fragte Mulu.

„Sie wollte uns sagen, dass wir ihren letzten

Wunsch erfüllen sollen. Wir müssen Geta beim Rennen besiegen."

Beset und Mulu waren begeistert von Alems messerscharfem Verstand. Das Vermächtnis, die Wette mit dem Angeber, verband sie mit ihrer Freundin. Es kam ihnen vor, als ob Zehai wieder leben würde.

„Wir müssen schwören, dass wir ihr Andenken wahren wollen."

„Alem hat Recht. Wir müssen schwören. Sonst gilt es nicht", bekräftigte Mulu.

Keiner der drei spürte mehr den Regen. Alem hatte ihre Freunde und sich selbst in den unheimlichen Bann von Zehais Vermächtnis gezogen. Alle bisherigen Schwüre waren nur Kinderkram gegen den, den sie nun leisten würden. Wie oft hatten sie schon auf belanglose Dinge geschworen. Manchmal schworen sie einfach nur, weil ihnen die Zeremonie Spaß machte. Alem hatte Beset sogar schon geschworen, dass sie nur zur Schule gehen werde, wenn Beset in die gleiche Klasse käme. Oder sie legten einen Eid ab, sich beim Spielen nie wieder gegenseitig zu ärgern. Aber meist zerplatzten die Schwüre wie Luftblasen, wenn sich das erste Hindernis in den Weg stellte. Manchmal vergaßen sie sogar, was sie sich geschworen hatten, und mussten dann lange nachdenken um sich wieder daran zu erinnern.

Doch diesmal war es etwas anderes, etwas ganz Besonderes. Ein Schwur fürs Leben. Alem hatte ein Kribbeln im Magen, als liefen darin tausend Käfer herum.

„Lasst uns schwören", begann sie und beugte ihren Kopf. Beset öffnete einen von Alems langen Zöpfen.

„Aber tu mir nicht wieder weh", sagte Alem ängstlich.

Im nächsten Moment schon rupfte Beset ihr ein Haarbüschel aus. Sie musste genau elf Haare aus-reißen, damit der Schwur galt. Elf war nämlich ihre Glückszahl. Es hatte schon Schwüre gegeben, da hatten Beset oder Zehai mehrere Büschel Haare las-sen müssen, denn manchmal waren es nur neun und dann wieder fünfzehn Haare, die sie mit einem Ruck ausrissen. Heute aber gelang es sofort. Alem zuckte kurz und für einen Moment schossen ihr Tränen in die Augen. Beset musste die gleiche Pro-zedur über sich ergehen lassen. Danach war Mulu an der Reihe, der zum ersten Mal die Zeremonie mitmachte. Er hatte mit seinen Korkenzieherlocken besonders zu leiden.

„Warum haben Jungen auch so kurze Haare?", beschwerte sich Alem, die Mulus Haare insgeheim schön fand, aber die störrischen Locken kaum zu fassen bekam. Es sah aus, als rupften die Mädchen ein Huhn. Mulu biss die Zähne fest zusammen, am liebsten hätte er vor Schmerz laut aufgeschrien. Aber keine Träne lief über seine Wangen. Schließlich gaben sich die Mädchen damit zufrieden die Haare einzeln herauszuziehen. Als sie elf zusammen hatten, legten Beset und Alem sämtliche Haare in Mulus Hand.

„Du musst draufspucken", befahl Beset.

Verunsichert spuckte er.

„Kräftiger!", befahlen die Mädchen wie aus einem Mund.

Jetzt sammelte Mulu all seinen Speichel und spuckte sich kräftig auf die Hand.

„Na, siehst du. Alles nass." Beset nahm das Gemisch aus Haar und Spucke und drehte es zwischen den Fingern zu einem kleinen Ball. Währenddessen grub Alem ein Loch in den Matsch, gleich neben dem Baumstumpf.

Dann sprach Beset auf Alems Kommando die Beschwörungsformel und legte feierlich die Haare in das Loch. Sie standen im Halbkreis wie um einen Altar: „Wenn unsere Tat vollbracht ist und wir endlich Geta und den anderen das Maul gestopft haben, wird hier ein Baum aus Haaren wachsen, der höher sein wird als ein Riese. Er soll für immer an Zehai erinnern, an die wir ewig denken werden."

Sie nahmen sich in die Arme, drückten sich gegenseitig einen dicken Kuss auf die Wangen und trampelten die Erde, unter der das Haarknäuel vergraben lag, so fest, wie es bei dem Matsch eben möglich war.

Nach der Zeremonie machten sie sich gleich an die Arbeit: Die Drahtautos mussten gebaut werden. Mulu holte die Zange von seinen Eltern. Sie würden Geta und seinen Freunden schon zeigen, dass sie nicht schlechter waren als die Kinder von der Asphaltstraße. Und sie täten es nicht für sich, sondern für Zehai.

Mulu hatte in Lalibela schon viele Autos gebastelt. Meistens war der Draht so dünn gewesen, dass die Wagen schnell wieder auseinander fielen. So gutes Material wie heute hatte er noch nie gehabt.

Es war ganz einfach. Er nahm die lange Draht-
schlange und bog einen durchsichtigen lang gezo-
genen Kasten zurecht. Beset und Alem sahen genau
zu, wie Mulu daraufhin die Räder montierte. Immer wieder zog er mit kräftigen Fingern den Draht
nach, bis die Räder schließlich ganz rund waren.
Den Draht zu biegen schmerzte in den Fingerspit-
zen. Alem bewunderte Mulu. Diese Jungen sind
doch zu was nutze, auch wenn sie meistens nur zanken, dachte sie.

Sorgfältig zog Mulu ein Stück Draht ganz gerade
wie einen Bambushalm. Den steckte er von oben
durch den Kasten, die Karosserie des Wagens. Die
lange Stange verband Mulu mit der Achse, an der
die Räder hingen. An der Stange wurde der Wagen
gehalten und mit ihr konnte man die Räder bewegen und so das Drahtauto lenken.

„Fertig", sagte Mulu und betrachtete sein Kunstwerk von allen Seiten.

Es war alles dran, was zu einem richtigen Wagen
gehörte: Räder und Dach, Motorhaube und Kof-
ferraum. Wenn auch nur die Umrisse vorhanden
waren, so konnte sich doch jeder vorstellen, dass
der Wagen gleich losbrausen würde. Wie ein König

thronte das Drahtskelett auf dem Baumstumpf. Mulu lenkte es in engen Kreisen.

„Getas Wagen ist auch nicht größer", meinte Alem. Sie war die Einzige, die Getas Drahtauto gesehen hatte. Sie griff nach der Lenkstange. Alem wollte den Wagen auch einmal halten. Mulu gab ihn nur widerstrebend her. Schließlich hatte er schon lange kein Drahtauto mehr besessen.

„Nun lass mich doch mal", quengelte Alem. Dann war auch noch Beset an der Reihe und lenkte das Wunderwerk auf dem Baumstumpf zweimal im engen Kreis herum. Dabei schleifte es am Rand entlang wie an einem Abhang. Zufrieden mit dem ersten Ergebnis, machten sie sich voller Eifer daran, aus dem restlichen Draht die anderen beiden Autos zu bauen.

Den zweiten Wagen wollten Alem und Beset unbedingt alleine bauen. War dieser noch etwas windschief, so sah der dritte fast genauso perfekt aus wie Mulus. Zu guter Letzt standen die drei Autos dicht nebeneinander auf dem Baumstumpf und warteten nur darauf loszudüsen. Der Draht glänzte silbern und Alem, Beset und Mulu betrachteten stolz ihre Kunstwerke.

DIE PROBEFAHRT

Dem Rennen stand nun nichts mehr im Wege. Um allerdings dafür zu üben brauchten sie eine geeignete Trainingsstrecke, eine Asphaltstraße. Hier im Schlamm kämen sie keinen Meter weit, und auf dem Steinweg am Grün konnten sie die Autos nicht ausprobieren, dort war es zu holprig.

Die drei beratschlagten, wo sie am besten trainieren sollten. Es sah schlecht aus. Oben an der Asphaltstraße wollten sie nicht üben. Die Jungen aus Getas Bande würden sie verspotten. Sie mussten weiter weggehen, wo sie keiner von Getas Freunden sehen konnte.

Leider mussten sie auf ihrem Weg das Gebiet des Angebers durchqueren. Alem, Beset und Mulu klemmten ihre Wagen wie eine Geheimwaffe unter den Arm und machten sich auf. Sie schlichen durch die engen Gassen hinauf zur Straße, ständig auf der Hut vor Geta und seinen Freunden.

Bei den Steinhäusern hatte der Regen nicht viel angerichtet. Sie standen fest wie eh und je, als habe der Sturm einen weiten Bogen um sie gemacht, als sei das Wetter hier besser gewesen als im Slum. Selbst die Gärten um die Häuser herum hatten kaum Schaden genommen. Zwar ließen die Blumen mit den handgroßen weißen Kelchen ihre Köpfe hängen, aber die Zitronen und Bananenbäume hatten alles gut überstanden.

„Gleich sind wir durch", flüsterte Mulu, der hinter den beiden Mädchen her schlich. „Da vorne an der nächsten Ecke hört Getas Gebiet auf."

Hellwach und in gebückter Haltung näherten sie sich langsam dem Ziel. Fast hatten sie es erreicht, da bog George um die Ecke. George war der Sohn eines Händlers und Getas gemeinster Häscher. Die Leute erzählten, dass sein Vater noch einige Buden in einem anderen Elendsviertel von Addis Abeba besaß, die er teuer an die Armen vermietete. Ob das stimmte, wusste aber niemand so genau.

Sicher war nur, dass der dicke George George hieß, weil seine Mutter einmal mit einem Europäer befreundet gewesen war und sich deshalb selbst wie eine halbe Europäerin fühlte. Sie wollte nicht, dass ihr Sohn einen afrikanischen Namen trug wie die armen Kinder vom Hang. Obwohl Georges Mutter selbst Afrikanerin war, mochte sie ihre schwarze Hautfarbe nicht. Sie hatte sich sogar die Haare glätten und blond färben lassen, weil sie wie eine Weiße aussehen wollte. Doch das funktionierte natürlich nicht so recht. Und so sahen ihre Haare aus, als hätte man ihr einen riesigen Eidotter auf dem Kopf ausgedrückt.

„Wohin wollt ihr denn?", fragte George.

„Nirgendwohin", antwortete Mulu.

„Und dafür geht ihr hier lang?"

„Genau."

„Hier führt es aber wohin", versuchte George den dreien auf die Schliche zu kommen. Dass sie sich schämten in Getas Revier zu trainieren, kam ihm nicht in den Sinn.

„Wir wollen in die Stadt."

„Mit den Autos?", bohrte er weiter.

„Dafür haben wir sie ja – um damit in die Stadt zu fahren", gab Alem frech zurück.

Mulu und Beset lachten.

„Wenn ihr euch über mich lustig machen wollt, braucht ihr es nur zu sagen", erklärte George ärgerlich. Er trug kurze blaue Gummistiefel, die bis über die Knöchel reichten. Solche Stiefel hätte Alem auch gerne gehabt.

„Geta hat mir übrigens erzählt, dass ihr gegen uns ein Rennen fahren wollt! Wer von euch will denn gegen unseren besten Fahrer antreten?", fragte George großspurig und grinste hämisch.

„Das wissen wir noch nicht", antwortete Mulu.

„Es traut sich wohl keiner, ihr Feiglinge!", versuchte George Alem und ihre Freunde zu provozieren.

„Wir sind nicht feige!", gab Alem barsch zurück.

„Doch!"

„Sind wir nicht!" Alem war wütend. Sie setzte den Wagen zwischen ihre Beine auf den Boden und stemmte die Arme in die Hüften.

„Wo ist er denn überhaupt, euer tapferer Anführer?", fragte Mulu dazwischen.

„Geta kommt morgen wieder."

„Und wo versteckt er sich vor uns?"

„Der braucht sich nicht zu verstecken. Wenn sich einer verstecken muss, dann ihr", erklärte George.

„Dann kannst du uns ja auch sagen, wo Geta steckt, und musst kein Geheimnis daraus machen."

„Er ist mit seinen Eltern weggefahren", berichtete George. „Und wisst ihr mit wem?"

„Mit seinen Eltern. Das hast du doch gerade gesagt", antwortete Alem.

Die drei lachten über George.

„Ja, aber sie haben jemanden von eurer Bande mitgenommen."

Alem, Beset und Mulu wunderten sich. Warum sollte irgendwer mit Geta wegfahren?

„Wen denn?"

„Das verrate ich nicht."

„Sag's schon", befahl Mulu und drohte George mit den Fäusten. George war genauso groß wie Mulu und er war schwerer. Doch besonders stark sah er nicht aus. Er hatte Pausbacken und seine Haut schwabbelte am Körper wie Wackelpudding.

„Vor dir habe ich keine Angst", meinte George, duckte sich und rammte seinen Kopf in Mulus Magen.

Die beiden Jungen fielen in den Schlamm.

Zuerst hatte George die Oberhand und thronte auf Mulus Schultern.

„Ergib dich! Ergib dich!", forderte er ihn auf. Doch Mulu ergab sich nicht und lachte nur. George wollte ihn dafür ins Gesicht schlagen. Als er ausholte, drehte sich Mulu um und klemmte Georges Bein ein. Plötzlich war Mulu der Stärkere. Er nahm George in den Schwitzkasten.

„Wer ist mit Geta unterwegs? Los, spuck den Namen aus!", befahl er dem unterlegenen George, der sich nicht mehr bewegen konnte. George weigerte sich etwas zu sagen. Mulu drückte ihm die Kehle stärker zu. An seinem Unterarm spürte er Georges Adamsapfel. Wenn er noch etwas fester zudrückte, bekäme George überhaupt keine Luft mehr.

„Sag's!"

„Zehai, Zehai ist bei ihm", röchelte George, der Angst bekommen hatte.

Mulu löste den Griff. „Zehai? Das glaube ich nicht!"

Die Kinder waren erstarrt.

„Zehai ist tot!", sagte Alem und begann zu weinen.

„Quatsch! Die ist putzmunter." George brach in schallendes Gelächter aus, wobei er sich den Hals rieb. „Was seid ihr doof!"

George ging weg und ließ Alem, Beset und Mulu zurück, die immer noch nicht wussten, was sie sagen sollten.

Von weitem rief George mit heiserer Stimme: „Morgen früh ist das Rennen! Wenn ihr keine Memmen seid, dann kommt!"

Was sollten sie davon halten? Als hätten sie verabredet nicht mehr über die Angelegenheit zu sprechen, machten sie sich stumm auf und gingen ihren Weg weiter über die Grenzen von Getas Revier hinaus zur nächsten Asphaltstraße. Dort blieben sie erst einmal benommen am Straßenrand stehen. Der Verkehr pulsierte hier wie eine Lawine, die, einmal losgetreten, vielleicht nie mehr zum Stillstand käme.

„Warum sollte er lügen?", fragte Mulu und sah Alem und Beset eindringlich an. Er zog dabei seine Augenbrauen hoch wie zwei aufsteigende Halbmonde, die in Schieflage geraten waren.

„Du hast Recht", antwortete Alem. „Es gibt überhaupt keinen Grund für ihn zu lügen. Und so schlecht ist er nicht, dass er über eine so ernste Sache Witze machen würde."

„Wenn George allerdings gelogen hat, setzt es

Dresche, wie er sie noch nie erlebt hat", erklärte Mulu. „Damit kommt er nicht so leicht davon."

Alem und Beset nickten. Sie entschlossen sich ihre Drahtautos nun doch noch auszuprobieren. Schließlich hatten sie den Weg bis hierher nur dafür in Kauf genommen und wollten ihr einziges Spielzeug gerne einmal benutzen.

Zuerst fuhren sie vorsichtig und langsam mit den Wagen, dann schoben sie sie immer schneller an den langen Stangen am Straßenrand entlang. Sie umliefen Schlaglöcher und Pfützen wie Skiläufer beim Slalomfahren. Einige der Kinder, die neben ihren Eltern am Straßenrand saßen und die wenigen Weißen anbettelten, die gelegentlich vorübergingen, wurden neugierig. Sie liefen neben den drei Rennfahrern her. Ein schlaksig aussehender Junge, der unbedingt auch einmal Alems Wagen schieben wollte, gab ihnen ständig gute Ratschläge: „Du darfst die Lenkstange nicht so fest drücken, sonst kannst du nicht mehr schnell genug reagieren, wenn ein Schlagloch kommt." Immer und immer wieder redete er auf Alem ein.

Vielleicht kann er es ja wirklich besser, überlegte Alem und gab ihm kurzerhand ihr Drahtauto um ihm zuzusehen. Doch der Junge war nur ein Angeber. Er lenkte den Wagen sofort auf ein Schlagloch zu. Alem dachte noch, er würde kurz vorher plötzlich abbremsen. Aber nein: Er fuhr mit dem Auto direkt in das Loch. Als Alem ihr Spielzeug wieder aus dem Matsch zog, war der Junge schon verschwunden und der Wagen über und über mit Schlamm besudelt.

Sie übte mit Besets und Mulus Auto weiter. Ihren Wagen musste sie erst einmal richtig säubern und hier gab es weit und breit kein Wasser. Allmählich wurden die drei Kinder geschickter. Sie umfuhren mit ihren Wagen die Blasen, die der Asphalt geworfen hatte, und wichen geschickt den vielen großen Schlammlöchern aus.

Völlig außer Atem meinte Alem zu Mulu, als sie sah, wie schnell der Junge den Wagen am Straßenrand entlangsteuerte: „Vielleicht solltest du gegen die anderen antreten."

„Ich bin auch dafür", unterstützte Beset ihren Vorschlag. „Schließlich hast du früher in Lalibela schon mal bei einem Rennen mitgemacht."

Mulu nickte. Er hätte es zwar lieber gesehen, wenn Alem gegen den Stärksten von Getas Bande angetreten wäre, weil sie schneller laufen konnte als er, aber sie hatte keine Zeit mehr zu lernen, wie man das Drahtauto am geschicktesten lenkt.

EIN TRAUM

Nach dem Training gingen Mulu und Beset gleich nach Hause.

„Ich hole meine Mutter am Grün ab", verabschiedete sich Alem von ihren Freunden und stapfte weiter am Bach entlang.

Fesseha stand vor dem Gatter und stützte sich auf seinen Stock. „Deine Mutter hat was für dich."

„Was denn?", fragte Alem.

„Das wirst du schon sehen", sagte er geheimnisvoll.

„Alem!", rief Kalamork. „Bleib da stehen! Ich komme rüber zu euch!"

Kalamork legte die Spitzhacke zur Seite, ging auf Fessehas Hütte zu und verschwand darin. Fessehas neue Behausung war gerade groß genug, dass sich der Wächter dort nachts hinlegen konnte. Ein Bett brauchte er nicht. Er war es gewohnt, selbst bei eisiger Kälte nur auf einer Decke zu schlafen.

„Was ist es denn? Was hat meine Mutter?" Alem war neugierig. Doch Fesseha grinste nur und sagte nichts.

Dann kam Kalamork wieder aus der Hütte und hielt eine Hose in der Hand. Sie sah fast wie neu aus.

„Ist die für mich?"

Kalamork nickte. „Salamon hat sie vom Roten Kreuz mitgebracht. Aber zieh sie erst mal an, damit wir sehen, ob sie dir überhaupt passt."

Alem hob ihr Kleid ein Stück hoch und zog die Hose darunter an.

„Passt!", meinte sie und streichelte über den weichen Stoff.

„Hübsch siehst du aus", sagte Fesseha. Alem strahlte.

„Und was sind das da für Blätter?", wollte der Wächter wissen. Er zeigte mit seinem langen Stock auf das bunte Muster der Hose.

„Keine Ahnung", antwortete Alem.

„Vielleicht sehen so die Blätter in Deutschland aus", riet Fesseha. „So schön rot, gelb und braun."

„Vielleicht", gab Alem zurück. Sie ging zu ihrer Mutter und gab ihr einen Kuss.

„Du musst dich nicht bei mir, sondern bei Salamon bedanken. Er hat die Hose mitgebracht."

Salamon lächelte zu den beiden herüber. Alem entdeckte ihn erst jetzt.

„Die steht dir aber gut!", rief er.

„Vielen Dank, Salamon!"

„Ist schon gut! Hauptsache, sie gefällt dir!"

Salamon half gerade den Soldaten beim Bau des Hühnerstalls. 210 Hühner sollten in dem Stall leben. Es sollte ein richtiges Hochhaus für Hühner werden, mit sechs Stockwerken. Alem kannte die Männer. Es waren dieselben Soldaten, die schon beim Wiederaufbau nach dem Sturm mitgeholfen hatten. Einen solchen Hühnerstall zu bauen war ein Kinderspiel für sie.

„Wann kommst du nach Hause?", fragte Alem ihre Mutter.

„Heute dauert es etwas länger. Ich muss noch das Beet umgraben, Iniera für die Soldaten backen und ihnen beim Hühnerstall helfen. Die Zeit drängt, die Deutschen haben schon das Geld zum Kauf für die Hühner geschickt."

Dann gibt es sicher auch bald Huhn zu essen, dachte Alem. Sie erinnerte sich, dass es einmal, als sie noch ganz klein gewesen war, Huhn gegeben hatte. Aber das war schon lange her. Sie wusste gar nicht mehr, wie es schmeckte. Geflügel war zu teuer.

Alems Blick fiel auf ihr Drahtauto, das sie neben sich abgestellt hatte. Fast hätte sie es vor lauter Aufregung vergessen. Sie nahm es wieder unter den Arm, ging damit hinüber zum Fluss und tauchte es ins Wasser. Sie achtete darauf, dass ihre neue Hose dabei nicht auch noch schmutzig wurde. Der Schlamm auf dem Wagen war mittlerweile hart geworden, doch im Wasser löste er sich schnell ab.

„Mulu ist ein netter Junge", stellte Kalamork fest, die Alem zum Fluss gefolgt war um Wasser zu holen. Erstaunt fuhr Alem herum. Doch ihre Mutter sah gar nicht zu ihr herüber, sondern füllte in aller Ruhe die beiden Gießkannen. Wieso sagte sie das? Merkte man Alem an, dass sie Mulu nett fand? Oder wollte sie damit nur sagen: Er ist nett? Oder meinte sie mehr damit? Alem wusste, dass bei Erwachsenen Sätze manchmal mehr bedeuten, als die Worte sagen.

„Ja, er ist nett", sagte Alem schüchtern und schrubbte weiter an ihrem Auto. Die Feststellung ihrer Mutter war ihr peinlich.

„Ich gehe schon mal nach Hause", meinte sie und hastete davon. Selbst Fesseha gab sie keine Antwort, sondern ließ ihn einfach stehen, als er sie am Zaun anhielt und fragte, wann denn das Rennen stattfände, von dem Mulu erzählt hatte.

Jetzt erst spürte Alem, wie gern sie Mulu hatte, obwohl er nur ein Junge war. Er war ihr vom ersten Moment an sympathisch gewesen. Wie er sie gefragt hatte: „Machst du mit?" und mit ihr hinunter zum Baumstumpf gegangen war. Und wie er sie, Beset und Zehai zum Drahtberg in die Innenstadt geführt hatte. Das alles imponierte Alem. Auch, dass er es diesem blöden George gezeigt hatte. Der war ganz schön ins Schwitzen gekommen.

Mulu ging ihr an diesem Abend nicht mehr aus dem Kopf. Und in der Nacht schlief sie schlecht. Sie dachte an all die Abenteuer, die sie in den wenigen Tagen mit ihm erlebt hatte.

106 Als sie endlich eingeschlafen war, wandelte Zehai durch ihre Träume. Einmal sah sie ihre tote Freundin in ihrem Zelt. Es stand mitten in einem

Land, wo es saftiges grünes Gras und überall Bäume gab. Dann wieder sah sie Zehai in den Armen Getas, der sie verzaubert hatte. Und in einem dritten Traum sah sie, wie Zehai von Getas Vater in seiner Hütte festgehalten wurde und in großen Töpfen Tej kochen musste. Um sie herum standen Geta und sein Vater und viele Weiße, die Zehai anschrien. Es war schrecklich.

Ein Sieg für Zehai

Alem hatte den Tej-Geruch noch in der Nase, als sie am Morgen nass geschwitzt aufwachte. Sie stellte fest, dass ihre Mutter schon weg war. Nagasch war in der Schule.

Alem schreckte hoch: Es war heller Tag. Das Rennen! Sie musste sich beeilen. Mulu und Beset warteten sicherlich schon unten am Baumstumpf. Und sie musste vorher noch die Raupen von dem kleinen Setzling vor ihrem Haus absammeln. Das hatte sie ihrer Mutter versprochen, denn die Raupen fraßen an den Blättern des kleinen Baumes. Das alles dauerte viel zu lange und Alem hatte schon ein ganz schlechtes Gewissen, als sie endlich zum Fluss hinuntermarschierte.

Mulu und Beset warteten schon ungeduldig mit den Autos im Arm auf Alem.

„Na, ausgeschlafen?", begrüßte Mulu sie. Er stellte seinen Wagen ab und verschränkte vorwurfsvoll die Arme vor der Brust.

„Ich habe schlecht geträumt." Alem fiel zur Entschuldigung nichts anderes als die Wahrheit ein.

Im Gänsemarsch gingen die drei hinauf zur Asphaltstraße, ihre Drahtwagen trugen sie im Arm wie Babys. An der Straße wurden sie schon von einer ganzen Reihe Jungen erwartet. Die meisten waren älter als Alem. Dass heute das Rennen stattfand, hatte sich herumgesprochen. Sogar Mädchen waren unter den Schaulustigen, obwohl die Jungen von der Asphaltstraße keine Mädchen mochten und sie gewöhnlich vertrieben.

Es waren zwar keine Freunde von Beset, Mulu und Alem unter den Zuschauern, aber einige der neugierigen Gesichter in der Menge kamen Alem dennoch bekannt vor. George lief auf die drei Neuankömmlinge zu.

„Da seid ihr ja endlich. Von uns hat keiner geglaubt, dass ihr euch überhaupt noch traut. Wer verliert schon gerne?" Er hatte die Tracht Prügel von gestern offenbar schon wieder vergessen.

Mulu stellte seinen Wagen auf den Boden und

lenkte ihn in aller Seelenruhe direkt vor Georges Füße.

„Statt zu quatschen solltet ihr lieber zur Sache kommen", sagte Mulu, ohne eine Miene zu verziehen, und sah George herausfordernd in die Augen.

„Wo ist Geta, das Großmaul?", fragte Mulu und stieß George in die Schulter.

„Mit dem können wir euch nicht dienen. Der ist noch nicht zurück."

Mulu grinste. „Also kneift er."

„Hier kneift keiner. Sein Stellvertreter wird gegen dich antreten", gab George prompt zurück. „Geta braucht nicht mehr selbst zu kämpfen wie du."

George zeigte auf einen groß gewachsenen Jungen in der Mitte der Gruppe. Er mochte ein, zwei Jahre älter sein als Mulu, aber er trug schon einen Hut auf seinem kugelrunden Kopf. Mulu musterte ihn von oben bis unten. Sein Gegner war eigentlich zu dick, fast so dick wie George selbst. Das Laufen würde ihm sicher schwer fallen. Doch er sah verdammt stark aus.

„Ich werde dir zeigen, wie schnell man Auto fahren kann." Der Junge trat auf Mulu zu. Mulu war etwas eingeschüchtert. Offenbar stand ihm kein leichtes Rennen bevor.

George lachte hämisch und zog mit einem faustgroßen Kreidestein einen hellen Strich auf den Boden. Die beiden Jungen mussten höllisch aufpassen, denn das Rennen sollte am Straßenrand entlanggehen. Alem fürchtete um Mulu, der gerade mal halb so schwer war wie sein Gegner. Vielleicht würde er ihren Freund anrempeln, dass er unter ein Auto käme. Auf was hatten sie sich da nur eingelassen?

„Schau", sagte George und zeigte die Straße hinunter. „Nach dort hinten, wo der Mann die Melonen verkauft. Siehst du ihn?"

Mulu zögerte einen Moment mit der Antwort.

„Da! Guck genau hin, oder bist du blind?", fragte George ihn ungeduldig.

„Natürlich seh ich den."

„Direkt bei dem Händler auf der Straße ist ein Strich. Den könnt ihr von hier nicht sehen. Wer zuerst mit seinem Wagen über diesen Strich fährt, hat gewonnen", erklärte George die Spielregeln. „Die anderen gehen jetzt alle zum Ziel. Ihr beide bleibt hier bei mir stehen und wartet auf mein Zeichen. Dann geht das Rennen los."

Die beiden Rennfahrer nickten.

Nagasch kam angelaufen. Er war außer Atem und schwitzte. Alems Bruder hatte von dem Rennen gehört und wollte Mulu zur Seite stehen. Alem war froh, dass er gekommen war. Mulu brauchte jede Unterstützung. Gemeinsam gingen sie zum Melonenhändler. Nur George blieb mit den zwei Rennfahrern zurück.

Um die beiden Konkurrenten und ihren Starter hatte sich schnell wieder eine ganze Menge neugieriger Kinder versammelt. Wann gab es hier schon mal ein Autorennen zu sehen?

George klemmte einen angerosteten Topf zwischen seine speckigen Beine. Die zwei hielten die Stangen ihrer Autos fest in der Hand, als wollten sie diese zerbrechen. Ihre Handinnenflächen waren schon schweißnass. Jetzt setzte auch noch Nieselregen ein. Die anderen Kinder hatten mittlerweile den Melonenmann erreicht, der ungefähr zweihundert Meter weit entfernt stand.

George hob einen Knüppel in die Luft und schrie: „Achtung!" Ein Raunen ging durch die Menge und für einen Moment schien der Verkehr auf der Straße den Atem anzuhalten. „Fertig!" Der

Knüppel sauste auf den Topf in seinem Arm nieder, dass es gewaltig schepperte: „Los!"

Wie ein Blitz durchzuckte es Mulu und seinen Gegner. Eine Sekunde lang standen sie beide steif, als wollten sie sich nicht bewegen. Dann aber rannten sie los, ihr Drahtskelett vor sich her rollend. Es war schwierig die Wagen sicher zu lenken, denn am Straßenrand gab es viele Schlaglöcher, noch mehr als gestern auf der Trainingsstrecke. Manchmal versank einer der Wagen in einem Dreckloch. Die Jungen schoben ihr Gefährt eilig wieder heraus und liefen weiter.

Mulu blickte zuerst gar nicht von seinem Drahtwagen auf, so beschäftigt war er damit zu lenken. Die ersten Anfeuerungsrufe drangen bis zu den Rennfahrern durch. Es konnte nicht mehr weit bis zum Melonenmann sein. Mulu sah kurz auf um sich zu vergewissern.

Sein Gegner hatte ihm schon fünf Meter abgenommen! Er hätte mehr üben müssen, schoss es ihm durch den Kopf. Mulu war wütend auf den dicken George: Der hatte die Geschichte mit Zehai bestimmt nur erfunden, um Alem, Beset und ihn zu entmutigen.

Mulus Gegner blieb in einem tiefen Schlagloch stecken. Die Vorderachse seines Fahrzeugs hatte sich verbogen. Nur notdürftig konnte er sie wieder gerade biegen.

Mulu vergaß seine Wut und zog an ihm vorbei. Trotz der verbogenen Achse lief der andere weiter. Der Junge war so geschickt, dass er Mulu trotz des Schadens dicht auf den Fersen blieb. Jetzt durfte sich Mulu nicht verlenken. Er lief nicht für sich! Er lief für die anderen und er lief vor allem für die Ehre von Zehai, die von oben auf das Schauspiel herabblickte. Er musste gewinnen! Er musste es diesen Angebern zeigen!

Nur noch wenige Meter bis zum Ziel. Aber was war das? Mulu traute seinen Augen nicht. Dort in der Menge nahm er plötzlich zwischen all den anderen Kindern eine Gestalt wahr, hager und vornehm, in einem nagelneuen weißen Kleid. Mulu schwanden die Sinne. Er musste sich täuschen. Doch je näher er dem Ziel kam, desto deutlicher wurde das Gesicht. Er hörte sogar ihre Stimme. Er hörte sie durch den ganzen Autolärm und die Rufe der Zuschauer hindurch wie aus einer anderen Welt: „Mulu, lauf! Lauf, Mulu! Du schaffst es!"

Jetzt gab es keinen Zweifel mehr. Das Mädchen dort war Zehai. Sie lebte!

Wie im Traum rannte Mulu auf die Stimme zu. Die Welt um ihn herum löste sich in Nebel auf. Er lenkte seinen Wagen dicht am Autoverkehr entlang wie ein Profi. Direkt an der Straße gab es weniger Schlaglöcher. Er bemerkte nicht einmal, wie sein Gegner immer weiter zurückfiel. Mulu spürte seine Beine überhaupt nicht mehr. Sie bewegten sich von allein.

Wie im Traum fuhr Mulu über die Ziellinie. Er taumelte in Zehais Arme. Sie drückte ihn fest an sich. Nur langsam kam der erschöpfte Junge zur Besinnung. Auch Geta nahm ihn in die Arme und gratulierte ihm.

In diesem Moment war Mulus Verstand wieder voll da. Sein Gehirn arbeitete auf Hochtouren. Doch seine Gedanken flossen so schnell, dass er zu keinem Ergebnis kommen konnte. Was soll das alles?, fragte er sich. Geta drückte ihm eine Flasche in die Hand. Es war Tej, aber ohne Alkohol. Mit zwei Zügen trank Mulu die ganze Flasche leer. Es war egal, dass es sein härtester Widersacher war, der ihm die Flasche gab: Mulu hatte unglaublichen

Durst. Zehai, Beset, Alem und einige andere trällerten vor Freude: „Lilililililililililili."

Jetzt erst kam Mulus Gegner mit dem kaputten Wagen unter dem Arm ins Ziel. Er blutete am Knie und weinte. Mulu gab ihm die Hand und bedankte sich für das Rennen.

„Wo kommst du her?", fragte Mulu Zehai, die dicht neben ihm stand.

„Geta hat mir geholfen. Ich habe bei ihm und seinen Eltern gewohnt."

Die Geschichte von George stimmte also doch. Das war kein Geist, der da vor ihm stand – das war wirklich Zehai.

„George hat uns davon erzählt, aber wir konnten es nicht glauben", erklärte Mulu.

Zehai lächelte und erzählte, wie es ihr am Abend des großen Sturms ergangen war. „Du erinnerst dich doch noch, wie stark der Fluss angeschwollen war, als du in deine Hütte gegangen bist?" Mulu nickte. „Ich bin weiter durch das Wasser gewatet. Völlig erschöpft kam ich zu meinem Zelt. Doch das stand schon gar nicht mehr. Es war zusammengebrochen. Alles drohte abzurutschen und in den Fluss zu fallen. Ich packte zusammen, was ich noch finden konnte, und dachte mir: Du musst hinauf zur Asphaltstraße, zu den Steinhäusern, da bist du sicher."

„Weg hier!", unterbrach eine laute Stimme Zehais Schilderung. „Macht Platz!" Die Kinder erschraken.

Eine beleibte Frau mit einem schwarzen Kopftuch und einem kurzen Stock in der Hand stampfte wütend auf die Kinder zu. Eben hatte sie noch am Straßenrand gesessen und wie die anderen ihr Obst verkauft.

„Ihr verscheucht mir die Kunden. Geht woanders hin!" Sie packte George am Hemdkragen und hielt ihn wie eine nasse Katze am Nacken fest. Sie war zwar zahnlos, aber stark.

„Wir gehen ja schon", beruhigte Geta sie. Er senkte seine Stimme.

Irgendwie ist er anders, freundlicher, dachte Alem. Früher hätte er sich mit der Frau angelegt.

„Wenn wir nicht gehen, können Sie auch nichts machen", erklärte einer der kleineren Jungen und streckte der Frau die Zunge heraus.

Alem kannte den Jungen mit den roten Plastiksandalen noch nicht. Vielleicht gehörte er zu Getas

Bande. Frech genug war er. Die Händlerin ließ George los und gab dem Jungen einen Tritt gegen den Schenkel. Sie war trotz ihrer mächtigen Gestalt ungeheuer schnell. Der Junge begann aber nicht zu weinen, sondern lief nur ein paar Meter weg und streckte ihr aus sicherer Entfernung wieder die Zunge heraus.

„Kommt, wir gehen zum Grün!", forderte Alem die anderen Kinder auf. Dort sollte Zehai erst einmal in aller Ruhe erzählen, was passiert war. Geta und Zehai schritten Arm in Arm voran.

ZEHAIS GESCHICHTE

Kalamork begann zu weinen, als sie Zehai sah, rannte auf sie zu und umarmte das totgeglaubte Mädchen. „Du bist doch nicht nur ein Geist?"

Zehai konnte kaum antworten, so fest wurde sie von Alems Mutter umklammert. Dabei überhäufte Kalamork Zehai mit Küssen.

„Ich war nie tot!", sagte Zehai.

Die anderen Frauen kamen ebenfalls herbei, ließen Eimer, Schaufel und Harken stehen. Sie standen um Zehai herum und trällerten. Selbst Fesseha, der schon viel mitgemacht hatte, war ergriffen und hatte Tränen in den Augen.

Zehai wusste nicht, was sie sagen sollte. Sie fühlte sich unwohl in ihrer Haut. Das war zu viel für sie. Schließlich war Zehai so viel Liebe nicht gewohnt. Meist war sie fortgejagt worden, wenn sie sich irgendwo niederlassen wollte. Diese ganze Liebe erdrückte sie fast.

„Das muss gefeiert werden!" Kalamork putzte sich die Tränen mit ihrer Schürze ab.

Auf der Stelle begannen die Frauen mit den Vorbereitungen: Schnell war ein Feuer entzündet und wurden Maiskolben von ihren grünen Blättern befreit. Alem und die anderen Kinder liebten gebrannte Maiskolben. Sie nagten die kleinen gelben Körner ab, die wie Perlen auf dem Kolben saßen. Süß und warm verteilten sie sich im Magen und für einen Moment vergaßen die Kinder die nasse Kälte. Ein paar Soldaten hatten Kaffee auftreiben können und rösteten ihn in einer leeren Konservendose.

Es war kaum eine halbe Stunde vergangen, da saßen sie alle gemeinsam um das Feuer vor dem halb fertigen Hühnerstall. Sie hockten auf großen, flachen Steinen, denn der Boden war zu nass. Die Wärme des Feuers zog langsam in ihre Körper. Nur das Plätschern des Flusses war zu hören, als Zehai begann ihre Geschichte zu erzählen: „Ich verstehe gar nicht, warum ihr gedacht habt, dass ich tot sein könnte."

Alem und die anderen waren überrascht.

„Was hätten wir denn sonst denken sollen?", fragte Mulu.

„Aber ich habe euch doch eine Nachricht hinterlassen."

„Was für eine Nachricht?"

„Na, ich hab doch auf den Baumstumpf geschrieben: Ich, Zehai, bin mit Geta nach Sodere", berichtete Zehai. „Das müsst ihr doch gesehen haben. Ich habe es groß und deutlich mit einem spitzen Stein eingeritzt."

„Wir haben nichts gesehen", entgegnete Mulu und schüttelte den Kopf. „Wir können ja gucken gehen!"

„Natürlich haben wir es gesehen!", fuhr Alem dazwischen. Sie erinnerte sich an die Kritzeleien auf dem Stumpf. Aber wie hätten sie sie entziffern sollen? Keiner von ihnen konnte lesen.

„Streitet euch nicht", beruhigte Kalamork die Kinder. „Zehai, erzähl einfach, was passiert ist. Wir sind alle neugierig."

„Als ich zur Asphaltstraße lief", begann Zehai, „hatte ich keine Hoffnung mehr. Neben mir brachen die Hütten zusammen und der Weg war ganz schlammig. Ich kam kaum noch voran. Ich war sowieso müde von dem Tag in der Stadt und der Hagel trommelte mir auf die Haut. Fast hätte ich aufgegeben."

„Und da hat dich mein Vater gesehen", ergänzte Geta, dem die Geschichte viel zu langsam ging. Er saß direkt neben Zehai, die aufgeregt fortfuhr: „Ich sah Geta, wie er seiner kranken Mutter aus dem Haus geholfen hat, während sein Vater den Wagen belud."

„Meine Mutter kann nicht mehr richtig gehen. Sie hatte einen Gehirnschlag. Ihre ganze linke Seite ist gelähmt", erklärte Geta.

„Und da sah mich Geta, wie ich dort stand und weinte. Sein Vater meinte nur zu mir: ‚Leg deine Sachen ins Auto und komm mit.' Während eure Hütten zusammenfielen, fuhr ich mit Geta und seiner Familie fort, hinaus nach Sodere. Quer durch ganz Addis Abeba bis zur Straße, die nach Süden führt. Getas Vater hatte uns hinten auf der Rückbank des Jeeps ein paar Kissen aufeinander geschichtet. Wir lagen dort wie in einem Himmelbett." Zehais Stimme bebte, als sie das erzählte. Sie war von dem Ereignis noch ganz gefangen. „In der gleichen Nacht kamen wir in Sodere an. Dort war alles so friedlich, dass ich glaubte, es sei nur ein Traum. Als ich am nächsten Morgen aufwachte, wollte ich nicht mehr zurück nach Addis Abeba."

Einige der Soldaten waren während des Krieges selbst einmal in Sodere gewesen. „Da gibt es heiße Quellen, in denen man baden kann", sagte einer von ihnen.

„Heute muss man Eintritt bezahlen um dort hineinzukommen. Es sei denn, man kennt jemanden, der dort wohnt, wie Getas Verwandte", meinte Zehai.

„Und dort hast du mit Geta und seiner Familie die Tage seit dem Unwetter verbracht?", fragte Kalamork das Mädchen.

Zehai nickte.

Alem bemerkte plötzlich, wie Mulu sie ansah. Er saß auf der anderen Seite des Feuers mit dem Rücken zum Fluss und lächelte ihr zu. Er hatte zwei Grübchen in seinen Wangen, als habe man sie mit einer Schaufel dort hineingegraben.

Ob er sie auch mochte?, fragte sie sich plötzlich. Ob er bemerkt hatte, wie Alem ihn verehrte?

Leise begannen zwei Frauen auf ihren mit braunem Kuhfell bespannten Trommeln zu spielen. Nach einer Weile standen sie auf, hängten sich die Trommeln um die Schultern und schlugen mit den Händen heftiger auf das Kuhfell. Langsam zogen sie Kreise um das Feuer und die Sitzenden. Ihr Spiel wurde immer lauter, bis es schließlich jedes Geräusch, das Zirpen der Grillen und das Plätschern des Flusses, übertönte.

Alem und Mulu bemerkten kaum etwas von der Musik.

Auch die anderen hatten sich inzwischen erhoben und sich den trommelnden, tanzenden Frauen angeschlossen.

Mulu kam herüber zu Alem. „Wollen wir mitmachen?", fragte er sie. Schmetterlinge flatterten in ihrem Magen. Mulu lächelte schelmisch. Er hatte wunderschöne weiße Zähne, die im Feuerschein glänzten. Bestimmt mochte er sie auch, davon war Alem jetzt überzeugt. Nun war es ihr auch egal, ob die anderen etwas bemerkten. Hauptsache, er lächelte sie an.

Du entscheidest selbst!
1000 Gefahren

Vince Lahey

Fluss ohne Wiederkehr

RTB 2172

Die Wildwasserfahrt ist der
Höhepunkt deiner Ferien. Doch
dann fällt euer Führer über Bord!
Wie rettest du dich aus dem Boot,
das mit rasender Geschwindigkeit
auf den Wasserfall zutreibt?

Ab 10 Jahren

Edward Packard

Die spektakuläre Reise ins Schwarze Loch

RTB 2145

Stell dir vor, du bist Astronaut und
auf deiner Weltraummission sollst
du ein Schwarzes Loch erforschen.
Treffe die richtigen Entscheidungen,
damit dich das Schwarze Loch
nicht verschlingen kann!

Ab 10 Jahren

Clive Gifford

MINDMASTER - Das virtuelle Labyrinth

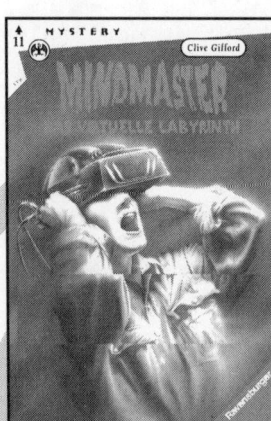

RTB 2113

Familie, Schule, Fußball –
Pete ist alles egal. Immer
häufiger flieht er in die
virtuelle Realität der Com-
puterspiele.
Wird er die Gefahr, die im
„Mindmaster" liegt, rechtzeitig erkennen?

ab 11

Emma Fischel

Das Phantom am Fenster

RTB 2111

Das unbewohnte Nachbar-
haus wird Stan immer un-
heimlicher: Nachts erschei-
nen an
einem Fenster die Bilder
vermisster Kinder, die von
der Polizei gesucht werden.
Was hat das zu bedeuten?

ab 11

ERZÄHLUNG

Irina Korschunow

Der kleine Clown Pippo

RTB 2029

Manchmal möchte Pippo kein Clown mehr sein. Vor allem, wenn etwas schief geht oder ein neues Kunststück nicht klappen will. Aber meistens weiß er sich dann doch zu helfen. Und außerdem sind da ja noch seine Freunde: die Seiltänzerin, die Kunstturnerin, der Elefant — und natürlich die vielen Kinder.
ab 8

Peter Abraham

Das Schulgespenst

RTB 2018

Carola hasst die Schule. Da kommt ihr das Gespenst Buh gerade recht. Die beiden tauschen ihre Gestalt, und Buh vertritt Carola in der Schule. Doch mit Entsetzen stellt Carola fest, dass das Gespenst sich wie eine Musterschülerin benimmt. Und dann will es auch noch die Rückverwandlung verhindern!
ab 9